판타지 무협소설 신神 이야기

신(神) 이야기

초 판 1쇄 2024년 07월 11일

지은이 손영징
펴낸이 류종렬

펴낸곳 미다스북스
본부장 임종익
편집장 이다경, 김가영
디자인 윤가희, 임인영
책임진행 이예나, 김요섭, 안채원

등록 2001년 3월 21일 제2001-000040호
주소 서울시 마포구 양화로 133 서교타워 711호
전화 02) 322-7802~3
팩스 02) 6007-1845
블로그 http://blog.naver.com/midasbooks
전자주소 midasbooks@hanmail.net
페이스북 https://www.facebook.com/midasbooks425
인스타그램 https://www.instagram.com/midasbooks

ⓒ 손영징, 미다스북스 2024, *Printed in Korea.*

ISBN 979-11-6910-730-3 03810

값 18,000원

미다스북스는 다음세대에게 필요한 지혜와 교양을 생각합니다.

판타지 무협소설

신神 이야기

일범 손영징

미다스북스

일범 시리즈는 '비범한 인생 이야기', '특별한 영어 이야기', '평범한 사람 이야기', '재미있는 생활 이야기'로 이루어져 있다. 이번에는 일범 시리즈의 마지막으로 판타지무협소설 『신(神) 이야기』를 펴낸다. 『신(神) 이야기』는 기존의 무협소설과는 전혀 다른 상상 무협소설이다. 무협소설이라고 하면 줄거리가 대개 '어릴 때 원수에게 부모를 잃고, 홀로 불우한 유년기를 보내다가 좋은 사부와 천고의 기연을 만나 절세고수가 되고, 젊은 나이에 원수를 갚고 결국은 천하를 평정한다'는 내용이 보통이다.

『신(神) 이야기』는 그런 류의 무협과는 전혀 차원이 다른 상상속의 무협소설이다. 현대를 살아가는 소시민들이 한 번쯤 꿈에서라도 해 보고싶은 통쾌한 이야기이다. 영토를 더 차지하기 위한 전쟁, 권력을 더 차지하기 위한 정치, 돈을 더 갖기 위한 부정과 부패, 내 세력을 더 키우기 위한 종교 갈등, 이웃을 원수로 생각하는 이데올로기, 나만을 위한 범죄…. 이러한 '모든 나쁜 뉴스들이 없어지고, 사랑과 인정이 넘치는 훈훈한 뉴스만을 듣고 살 수 있다면 얼마나 좋을까?'를 생각하는 소시민들의 마음을 후련하게 뚫어줄 수 있는 무협소설이다.

이 소설은 한국에서 태어나, 한국에서 자랐고, 한국에서 공부하고, 한국에서 직장생활을 한 지극히 평범한 소시민이었던 주인공이 나이 50이 되어서야 무협에 입문하여, 100세에 천하를 평정하고, 신선이 되어 승천할 때까지 70년간의 여정을 상상한 것이다. 이 소설을 읽는 모든 사람이 스스로 '내가 주인공'이라는 생각을 하면서 읽으면 더 재미있을 것 같다. 독자의 소감을 미리 상상해 보니 뿌듯하다.

'정말 속 시원하구나.'
'나도 저렇게 되었으면….'
'저건 내가 늘 상상하던 장면인데.'
'우리나라의 역사가 이랬어?'
'왜곡된 역사를 바로잡아주니 고맙네.'
'왠지 내가 자랑스러워지네.'
'지구촌이 하나가 되는구면.'

임진강이 보이는 파주에서 일범(一凡)

제1장

돼지꿈

일범(一凡)은 나이 쉰이 되도록 풍족하게 살아본 적이 없었다. 봉급생활자의 대부분이 그렇듯이 생활은 늘 빠듯해서 아내에게는 항상 미안한 마음이었다. 중학교 때 어느 선생님이 '자중할 줄 아는 청년은 요행을 바라지 않는다'고 한 말씀이 기억났지만, 일범은 일확천금을 꿈꾸며 매주 로또(Lotto)를 구매했다. 처음에는 그냥 자동으로(Quick Pick) 샀지만, 어느 때 언제부터인가 행운의 숫자를 조합하기 시작했다. 음력 기준으로 보면 아버지의 생일은 7월 14일, 어머니의 생일은 3월 14일, 일범의 생일은 7월 7일, 아내의 생일은 3월 7일인데, 아들, 딸을 낳고 보니, 아들의 생일은 7월 27일, 딸의 생일은 3월 27일이었다. '이것이 뭔가를 암시한다'고 생각한 일범은 3, 7, 14, 27, 21, 37을 행운의 숫자로 생각하여 몇 년 동안을 계속 같은 번호로 복권을 샀지만 결과는 매번 꽝이었다. '나의 부모는 왜 꿈에 한번 나타나 주지 않을까' 섭섭하기도 했지만, 가만히 생각해 보면 '부모님은 로또라는 걸 아예 모르는 분들이지 않은가?' 부모가 다 돌아기신 후에는 생각을 바꾸었다. 3월생인 아내와 7월생인 내가 결혼(3&7)해서 잘 살고 있는데, 19년생인 아버지와 34년생인 어머니는 두분 다 돌아가시지

(44) 않았는가? 그래서 3,7,37,19,34,44라는 새로운 조합으로 로또를 사 봤지만 여전히 꽝이었다. 그러던 어느 날, 평소에 꿈을 잘 꾸지 않는데, 그날은 새벽 5시경에 잠을 깨 소변을 보고 나서, '그냥 일찍 일어날까?'라 는 생각도 들었지만 따뜻한 이불속이 너무 포근해서 그만 다시 잠들어 버 린 게 문제였다. 비몽사몽 중에 숫자가 몇 개 나타났다. 1,3,4,7,35 그리 고 하나는 별표(*)로 가려져 있었다. 가려진 * 를 살포시 들추어보니 4였 다. 4는 이미 나와 있는데 또 4 가 나온 의미를 생각하다가 잠이 깨 버렸 다. '그렇지, 4가 또 나온 것은 마지막 숫자가 44라는 의미가 틀림없어.' 잊어버리기 전에 적어 두자. 1,3,4,7,35,44 이렇게 6개의 숫자 조합이 완 성된 것이다. 돼지꿈 꾸게 해 달라고 그렇게 원해도, 부모님 얼굴 좀 보 게 해 달라고 그렇게 빌어도 절대 이루어지지 않던 꿈이 스스로 6개의 숫 자를 찾아낸 것이다. 날이 새기를 기다려 집 근처의 복권방을 찾아가서 1,3,4,7,35,44 숫자 조합으로만 5장을 샀다. 그렇게 온갖 가슴 뿌듯한 상 상을 하면서 며칠을 기다렸다. 마침내 일요일 아침 제일 먼저 당첨번호를 확인하는 순간 '역시 개꿈이었구나. 내 복에 복권 당첨은 무슨.'

그날도 평소와 다름없이 동네 뒷산을 올랐다. 늘 다니는 나지막한 산이 고 시간도 두시간이 채 걸리지 않기에 운동하기에는 딱 좋은 산이다. 이 런 공기 좋은 곳에 사는 것도 일종의 행운이다. 가랑비가 조금씩 내리는 날씨라 지팡이 대신 우산을 가지고 나왔다. 산을 오르는 중에는 비가 거

12

의 오지 않아 우산을 지팡이처럼 짚고 오르고 있었다. '나는 왜 돼지꿈도 한번 못 꿀까?' 머리 속에는 온통 돼지 생각뿐이었다. 지난 여름에 고라니 한 마리가 들개 세 마리에게 잡혀 먹힌 지점에 이르렀을 때, 눈앞에 시커먼 물체가 하나 보였다. '여기는 마을에 가까운 산이라 사나운 동물은 없는 곳인데 저게 뭘까?'라 잠시 생각하는 사이에 그 검은 물체는 무서운 속도로 앞으로 돌진해 왔다. 순간 큰 나무 뒤로 몸을 피한 일범이 정신을 차려보니 덩치가 어마어마한 멧돼지였다. 다행히 멧돼지는 방향전환이 빠르지 못해, 멧돼지가 오른쪽으로 공격해 오면 나무의 왼쪽으로 피하고, 왼쪽으로 공격해 오면 나무의 오른쪽으로 피하면서 시간을 벌 수 있었다. 주머니에는 휴대폰이 있었지만, 이 상황을 누구에게 알릴 여유는 전혀 없었다. 손에 쥔 것은 우산 한 개뿐인 상황에서 멧돼지가 물러가기만을 바랄 뿐이었다. '계속 나무만을 방패로 삼아 시간을 허비하다 보면 화를 당할 수도 있겠구나.'라는 생각이 든 순간, 일범은 공격해 오는 멧돼지의 눈을 향해 우산으로 공격을 시도했으나 잘 되지 않았다. '멧돼지가 왜 사람을 공격할까?'라는 의문도 들었다. 천운이 따랐는지 일범은 결국 멧돼지의 한쪽 눈을 우산으로 찌르는 데 성공했다. 한쪽 눈에 피를 흘리는 멧돼지는 더욱 난폭해져서 공격이 막무가내였다. 나무의 왼쪽과 오른쪽을 공격할 때는 멧돼지의 방향전환 속도 때문에 그런대로 버틸 수 있었는데, 아예 나무를 직선으로 부딪쳐 왔다. 나무가 뿌리째 뽑힐지도 모르는 무지막지한 힘으로 덮쳐 오는 순간 일범은 멧돼지의 다른 쪽 눈 하나에 우산을 꽂아 넣을 수 있었다. '꽤애애액' 멧돼지는 엄청난 비명을 지르며 날뛰었다. 이제는 공격이라고 하기보다는 발버둥이었다. 일범은 '달아나는 것은 불가능한 것이고 어떠하든 멧돼지를 제압해야겠다.'는 생각이 들었다. 거의 제정신이 아닌 멧돼지를 향해 집요하게 양쪽 눈을 찔렀다. '이제 제대로 싸워볼만 하다'고 생각하는 순간, 피를 흘리며 씩씩거리던 멧돼지는 갑자기 공격을 멈추고 뒤돌아서는 게 아닌가? 그리고는 도망가는 것 같았다. 땀을 비 오듯 흘린 일범은 그제서야 정신을 차리고 마을로 내려와서 동네 사람들에게 일어난 상황을 알렸다. 마을 사람들이 "멧돼지를 잡으러 가자"고 했으나, 일범은 녹초가 된 몸으로 다시 산을 오르고 싶은 마음이 없어서 "멧돼지는 도망갔다"고 말하고는 혼자 집으로 돌아왔다. 마을 사람들은 멧돼지가 흘린 핏자국을 따라 약 4km를 추적한 끝에 쓰러져 있는 멧돼지를 발견했다. 멧돼지를 '죽여야 한다는 의견과 살려야 한다.'는 의견이 맞섰으나, 사람을 공격한 멧돼지이므로 살려 두는 것은 위험하다는 의견이 우세하여, 결국을 멧돼지를 잡아 마을로 돌아왔고, 마을에는 멧돼지 파티가 열렸다. 몸을 추스른 일범도 참석했는데, 동네 사람들은 '우산 하나로 멧돼지와 싸워 이긴 사람'이라며 계속 구운 멧돼지 고기를 권했다.

제2장

수련의 시작

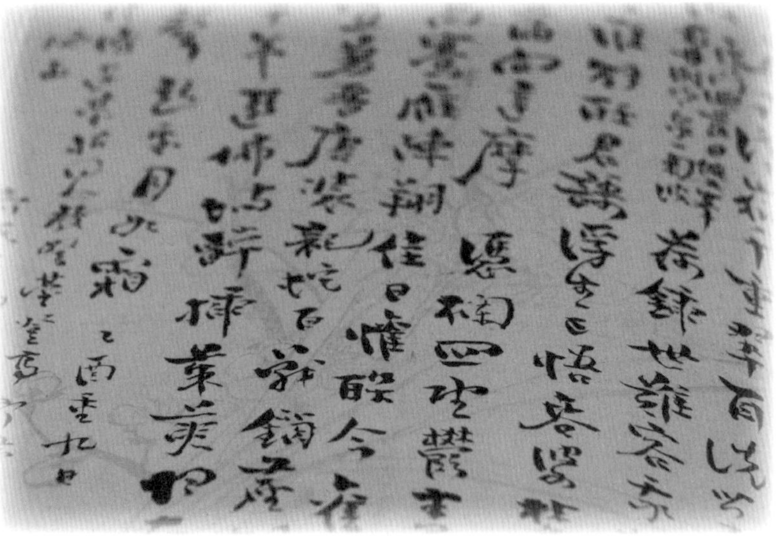

일범은 멧돼지와의 조우 후에 심각한 고민에 빠졌다. 나이 50에 황소만한 멧돼지와 싸워 이긴 원천이 무엇일까? 이 힘의 원리를 더 성장시킬 수 있는 방법은 없을까? 그 방법을 어디에서 찾을 수 있을까? 옛날 공자(孔子)는 40을 불혹(不惑), 50을 지천명(知天命)이라고 했지만 일범은 50에 지천명은커녕 유혹을 떨쳐버릴 수가 없었다. 평소 중국 무협지를 즐겨 읽던 경험이 있어 괜히 무협지에 나오는 '초인적인 고수가 될 수 있는 방법이 있지는 않을까?' 하는 생각이었다. 현대 사회에서 그런 황당무계한 일이 있을 수는 없은 줄 알면서도 뭔지 모를 '가능성을 찾아봐야겠다'는 생각에 잠을 이룰 수가 없었다. 무협지에 흔히 등장하는 무공 비급(祕笈)이 현실일 리가 없으니 그나마 생각해 낸 것이 우리민족의 3대 경전인 천부경(天符經: 81자)과, 삼일신고(三一神誥: 366자), 그리고 참전계경(參佺戒經: 366조)이었다. 참전계경은 정성, 믿음, 사랑, 구원, 재앙, 행복, 보답, 응답(誠信愛濟禍福報應) 8가지 가르침으로 구성되어 있는데, 무공 비급과는 관련이 없는 게 확실하여 일단 제외시켰다. 천부경은 무협소설 작가 금강(金剛)의 '발해의 혼'이라는 소설에서 한번 등장한 적이 있었지만 이 경전에서 심오한 경지를 터득한다는 것은 일범에게는 무리였다.

  一始無始一析三極無盡本(일시무시일석삼극무진본)

  天一一地一二人一三(천일일지일이인일삼)

  一積十鉅無櫃化 三(일적십거무궤화삼)

  天二三地二三人二三(천이삼지이삼인이삼)

  大三合六生七八九運(대삼합육생칠팔구운)

  三四成環五七一(삼사성환오칠일)

  妙衍萬往萬來用變不動本(묘연만왕만래용변부동본)

  本心本太陽昻明(본심본태양앙명)

  人中天地一一終無終一(인중천지일일종무종일)

  천부경(天符經)을 연구한 여러 서적들을 읽어봐도 도무지 이해가 되지 않았다. 천부경에서 우주의 오묘한 이치와 무공의 진수를 파악한다는 것은 소설 속에서나 가능한 일이라 생각되었다. 일범은 천부경에서 뭔가를 알아내겠다는 생각을 포기하고 그냥 매일 아침, 저녁으로 천부경을 암송하는 것으로 마음의 위안을 삼으려 했다.

  삼일신고(三一神誥)에는 뭔가 있을 법한 내용들이 있었지만 그것 역시 확신이 서지 않았고, 뜬구름 잡는 기분이었다. 성명정(性命精), 심기신(心

氣身), 감식촉(感息觸) 같은 단어의 의미가 마음에 와 닿았으나, 지감, 조식, 금촉(止感, 調息, 禁觸)하는 방법이 뭔지 감이 제대로 잡히지 않았다. 다만 뭔가 꾸준히 하다 보면 어떤 경지에 이를 것만 같은 예감이 들어서 '일상화해야겠다'는 다짐을 할 뿐이었다.

主若曰 咨爾衆 蒼蒼 非天 玄玄 非天(주약왈 자이중 창창 비천 현현 비천)

天 無形質 無端倪 無上下四方(천 무형질 무단예 무상하사방)

虛虛空空 無不在 無不容(허허공공 무부재 무불용)

神 在無上一位 有大德大慧大力 生天(신 재무상일위 유대덕대혜대력 생천)

主無數世界 造牲牲物 纖塵無漏(주무수세계 조신신물 섬진무루)

昭昭靈靈 不敢名量 聲氣願禱(소소영영 불감명량 성기원도)

絶親見 子性求子 降在爾腦(절친견 자성구자 강재이뇌)

天 神國 有天宮 階萬善 門萬德(천 신국 유천궁 개만선 문만덕)

一神攸居 群靈諸哲 護侍(일신유거 군령제철 호시)

大吉祥 大光明處(대길상 대광명처)

唯性通功完者 朝 永得快樂(유성통공완자 조 영득쾌락)

爾觀森列惺辰 數無盡(이관삼열성신 수무진)

大小明暗苦樂 不同(대소명암고락 부동)

一神 造群世界 神 勅日世界使者(일신 조군세계 신 칙일세계사자)

轄七百世界 爾地自大 一丸世界(할칠백세계 이지자대 일환세계)

中火震盪 海幻陸遷 乃成見象(중화진탕 해환육천 내성현상)

神 呵氣包底 煦日色熱.(신 가기포저 후일색열)

行翥化游 栽物繁植(행저화유 재물번식)

人物 同受三眞 曰 性命精(인물 동수삼진 왈 성명정)

人 全之 物 偏之(인 전지 물 편지)

眞性 無善惡 上哲 通(진성 무선악 상철 통)

眞命 無淸濁 中哲 知(진명 무청탁 중철 지)

眞精 無厚薄 下哲 保 返眞 一神(진정 무후박 하철 보 반진일신)

惟衆 迷地 三妄 着根 曰 心氣身(유중 미지 삼망 착근 왈 심기신)

心 依性 有善惡 善福惡禍(심 의성 유선악 선복악화)

氣 依命 有淸濁 淸壽濁妖(기 의명 유청탁 청수탁요)

身 依精 有厚薄 厚貴薄賤(신 의정 유후박 후귀박천)

眞妄 對作三途 曰 感息觸 轉成十八境(진망 대작삼도 왈 감식촉 전성 십팔경)

感 僖懼哀怒貪厭(감 희구애노탐염)

息 芬 寒熱震濕(식 부난한열진습)

觸 聲色臭味淫 (촉 성색취미음저)

衆 善惡淸濁厚薄 相雜(중 선악청탁후박 상잡)

從境 途任走 墜生長消病歿 苦(종경 도임주 타생장소병몰 고)

哲 止感 調息 禁觸 一意化行(철 지감 조식 금촉 일의화행)

返妄卽眞 發大神氣 性通功完 是(반망즉진 발대신기 성통공완 시)

일범은 언젠가 성철 스님이 "나를 만나려거든 3천 배를 하고 오너라."
라 하신 말씀이 생각나 절 수련을 해 보기로 했다. 예전에 단학(丹學)을 공
부할 때 2시간 반 동안 천 배를 하고는 거의 초주검이 된 적이 있었는데,
3천 배에 도전하는 것은 불가능에 가까웠다. 그러나 화엄경에서의 한 구
절인 일체유심조(一切唯心造: 모든 것은 오직 마음이 지어낸다)를 떠올리고는,
3천 배에 도전해 보기로 했다. 저녁 10시경에 시작한 3천 배는 아침 6시경
에 끝낼 수 있었다. 온몸은 부서질 것처럼 아팠고, 신체의 모든 부위가 흐
물흐물해졌다. '시작이 반'이라고 했든가, 한번 3천 배 수련이 성공하자 욕
심이 생겨, 일주일에 두 번씩 3천 배 수련을 하게 되었다. 또한 단학(丹學)
에 심취해 있을 때의 경험을 살려 단전호흡(丹田呼吸)을 재개했다. 기(氣)
를 이미 경험해 본 적이 있기 때문에 단전(丹田)에 축기(蓄氣)하는 방법
을 알고 있는 것은 다행이었다. 백회(百會)로부터 하늘의 기운을 받아들
여 임맥(任脈)을 따라 인당(印堂), 인중(人中), 단중(膻中), 상완(上脘), 중
완(中脘), 하완(下脘), 기해(氣海)를 거쳐 단전(丹田)으로 기운을 내려 저
장하는 것이다. 또한 명문 (命門)을 통해 외부기운을 흡수하여 단전에 축
기하는 방법, 이른바 명문호흡(命門呼吸)도 병행하였다. 수승화강(水昇
火降)의 원리를 기초로 신장(腎臟)의 물기운을 머리까지 올리고, 심장 (心

臟)의 불기운을 단전(丹田)까지 내림으로써, 머리는 차갑고 냉정하게 유지하고, 단전(丹田)은 따뜻한 기운으로 채우는 방법도 생각해 냈다. 일범은 매일 단전호흡(丹田呼吸)과 명문호흡(命門呼吸)을 통하여 단전(丹田)에 기(氣)를 축적하고, 머리를 냉정하게 유지하는 훈련을 반복했다. 백회에서 단전(丹田)으로 내려오는 임맥(任脈)과는 달리 독맥(督脈)은 단전(丹田)에서부터 회음(會陰), 명문(命門)을 거쳐 뒤로 향하여 척추 안쪽을 따라 똑바로 위로 올라간 후 풍부(風府) 부위에서 뇌로 진입하여 백회(百會)를 거쳐 전정(前頂)에 이른다. 호흡을 할 때, '흡식(吸息) 때는 기(氣)가 독맥(督脈)을 타고 올라가고, 호식(呼息) 때는 기(氣)가 임맥(任脈)을 타고 내려간다.'는 원리를 생각하면서 호흡을 하게 되면 임독맥(任督脈)을 타통하는 데 도움이 될 수 있다. 일범은 매일 하늘의 기운을 백회(百會)로 받아들여 임맥(任脈)을 따라 단전(丹田)까지 내리고, 또 단전(丹田)의 기운을 독맥(督脈)을 따라 전정(前頂)까지 되돌리는 수련, 이른바 소주천(小周天) 운기(運氣)수련을 열심히 수행하였다. 천부경(天符經)을 암송하고 삼일신고(三一神誥)의 계율을 이행하며, 매일 3시간 이상 소주천(小周天) 운기(運氣)를 통해 축기를 하고, 일주일에 두 번씩 3천 배 수련을 하는 생활은 10년간 계속 유지했더니 마음의 여유가 생기고, 마치 신선이 되어가는 좋은 기분이 들었다. 하지만 당초에 목표로 삼았던 초인(超人)이 되는 것은 아니었다. 10년 동안의 수련으로 단전에 어느 정도 축기가 되었는지 시험해 보기 위해 100m 달리기를 해 보니 13초가 걸렸다.

60대에 100m를 13초에 달린다면 그리 나쁜 기록은 아니었지만, 일범은 크게 실망했다. 올림픽 100m 금메달리스트의 기록이 10초 정도였으므로 1초에 10m를 달린다는 의미이다. 이것은 무협지에 나오는 초상비(草上飛: 풀을 밟으며 달려도 풀잎이 꺾이지 않는 경공의 경지) 정도의 경공(輕功) 수준인데, 일범의 수준은 경공(輕功: 경신술)에 입문조차 못한 단계였기 때문이었다.

제3장

성류굴 여행

결국 일범은 몸과 마음을 단련하는 것만으로는 초인(超人)이 될 수 없다는 결론에 도달했다. '그래도 10년 수련으로 몸과 마음이 건강해졌으니 그것으로 만족하자. 이제 더 이상 허황된 꿈을 꾸지 말고 인생을 즐기자.'라는 생각이 들었다. 아이들이 어릴 때 아이들을 업고 한 번 가 봤던 울진의 성류굴에 가고 싶어졌다. 아이들은 이미 성인이 되어 학교에 다니고 있었기 때문에 일범은 아내와 둘이서 성류굴로 향했다. 동굴은 예나 지금이나 변함이 없었다. 매표를 하고 안으로 진입했는데 좀 어두컴컴하여 길이 편하지는 않았다. 길을 안내하는 표지판을 따라 조심스럽게 아래 위를 구경하면서 전진하는데, 한쪽 모퉁이에 이상한 불빛이 하나 보였다. '출입금지'라는 표시판이 붙어 있었지만 그 불빛이 자꾸 신경이 쓰여, 안쪽으로 발을 디뎠다. 아내는 "그쪽으로 가면 안 돼요."라고 소리를 질렀지만, 일범은 "괜찮아, 따라와, 아무도 보는 사람도 없고, 저 불빛이 좀 궁금하잖아."라고 하면서, 아내의 손을 잡고 안으로 들어갔다. 머리를 몇 번 부딪힐 뻔하면서 조금씩 들어가는데, 입구가 갑자기 좁아져서 바닥을 기어가지 않는 한 디 나이갈 수가 없었다. 아내는 "이제 그만 돌아가요."라 했지만, "알

앉어, 나 혼자 조그만 더 갔다가 돌아올 테니 당신은 여기서 기다려."라고 이르고 좁은 틈으로 억지로 몸을 쑤셔 넣었다. 겨우 좁은 입구를 통과하니 그 이상한 불빛에 반사된 종유석들이 너무 아름다웠다. 종유석 아래에는 우윳빛 물이 조금 고여 있었는데, 마침 목이 마른 것 같은 느낌이 들어 밖에 있는 아내에게 큰 소리로 물었다. "여보, 여기 고인 물이 있는데 마셔도 괜찮을까?" 곧 아내의 대답이 들려왔다. "마시지 마세요. 그런 물은 세균에 버글버글 합니다. 물 마시고 싶으면 빨리 나오세요. 제가 물을 가지고 왔어요."라 했다. 일범은 원래 아내의 말을 잘 안 듣고 마음대로 하는 성격이라 그냥 몸을 숙여 그 물을 벌컥벌컥 마셔 버렸다. 물은 약간 단맛이 느껴졌으나 속은 시원해졌다. 불빛의 근원을 알아보려고 들어왔지만 종유석을 구경하고, 물만 마시고는 다시 좁은 입구를 빠져나왔다. "물 드릴까요?"라는 아내의 말에 일범은 "아까 그 물 마셨는데 맛있더라."라고만 대답했다. 성류굴을 다 구경할 때까지 아내는 "그러다 배탈 나면 어쩌려고 그래요? 제발 좀 조심하세요."라며 구시렁거렸다. '아내의 말은 듣는 게 항상 옳다.'는 것은 저녁에 증명되었다. 저녁을 먹으면서 소주를 두어 잔 했는데, 호텔로 들어온 후에 갑자기 배가 아프기 시작했다. 복통뿐만 아니라 열도 엄청 났다. 간호사 출신인 아내가 열을 재어 보더니 40도가 넘는다고 했다. 아내가 "구급차를 부를까요?"라고 했지만 일범은 "괜찮아지겠지 뭐." 하면서 고집을 부렸다. 그러나 배는 터질 것 같이 아프고, 열은 40도 이상으로 몸이 불덩이 같았다. 결국 일범은 혼절하고 말았다. 일범의 아내는 긴급히 구급차를 불러 근처 병원으로 갔다. 응급실 의사가 "뭘 드셨어요?" 라 물었을 때 아내는 자초지종을 설명했다. 의사는 "세균 감염인 것 같은데, 무슨 세균인지 알아야 처방을 내릴 수 있겠다."라고 하면서, 피검사와 복부 CT 촬영을 했다. 의사는 "우선 해열제를 좀 놓았고, 검사 결과가 나와봐야 무슨 처방을 내릴 수 있으니 좀 기다려보자."라 했지만, 일범은 여전히 열이 펄펄 끓는 상태로 혼절해 있었다. 다음 날 아침 정신을 차렸을 때는 아내가 일범 이마에 손을 갖다 대고 열을 체크하고 있었다.

"왜 그래?"
"이제 열은 내렸네요."

간밤의 일을 전혀 기억하지 못하는 일범은 "여기는 병원인 것 같은데 무슨 일이 있었어?"라며 되물었다. 아내는 정말 기가 막혔다. 평소에 일범의 기억력을 문제 삼으며 '저러다 치매라도 걸리면 어떡하나?' 늘 걱정해 오던 터라 더욱 걱정이 되었다.

"지난 밤의 일을 기억 못해요? 열이 펄펄 끓고 정신을 잃어서 구급차를 불러 병원에 왔잖아요?"
"그랬어? 나는 지금 기분이 아주 상쾌하고 좋은데."
"내가 그렇게 아무 물이나 마시지 말라고 했잖아요? 의사가 무슨 세균

감염인지 알아야 처방을 내릴 수 있다고 해서 지금 검사결과를 기다리고 있잖아요."

일범은 대강 상황이 어떠했는지 짐작은 갔지만, 중요한 것은 지금의 몸 상태가 너무나 가볍고 힘이 넘친다는 것이었다. "나는 아무 일 없으니 걱정 말고, 더 여행하고 싶지 않으면 집으로 돌아가자."라고 말했다. 의사는 "무슨 세균인지는 밝혀지지 않았으나 이제 열도 없고 몸이 괜찮은 것 같으니 퇴원해도 좋다"고 했다.

집으로 돌아온 일범은 그 전보다 몸이 훨씬 가벼워진 것 같아 기분이 좋았다. 단전(丹田)을 중심으로 임독맥(任督脈)을 소주천(小周天) 시키는 운기(運氣)를 행할 때도 훨씬 기(氣)가 원활하게 돌아감을 느낄 수 있었다. 단전(丹田)에는 탁구공만 한 기운 덩어리가 꿈틀대는 것 같았다. 명문호흡(命門呼吸)을 할 때면 명문(命門)에서 쉭쉭 하는 바람소리가 났다. 종유석 아래에 괴어 있던 그 물이 혹시 '무협지에 등장하는 공청석유(空淸石乳: 석유라는 말에서 알 수 있듯 동굴 깊숙한 곳에 고여 있는 우윳빛 액체이며, 한 방울만 먹어도 주화입마로 뒤틀린 몸이 싹 낫거나, 반 시체 상태의 사람을 멀쩡하게 살리거나, 무공을 익힌 자에게 몇 갑자 이상의 내공을 증진시키는 효과를 내는 등의 효과가 있다. 수많은 내단 및 영약 등에서도 최상급으로 쳐 주는 신비한 물질이다)가 아닐까?' 하는 생각이 들었다. 그런 영약이 아니고 어찌 이렇게 내공이 생기고 기운이 철철 넘칠 수 있단 말인가? 천부경(天符經)을 암송하고 삼일신고(三一神誥)의 계율을 이행하며, 매일 3시간 이상 소주천(小周天) 운기(運氣)를 통해 축기를 하고, 일주일에 두 번씩 3천 배 수련을 하는 생활은 계속되었다. 직장을 계속 다니면서 이런 수련을 해 나가는 것이 힘들 법도 했지만 이상하게도 몸은 크게 피곤하지 않았다. 정력도 크게 강해져서 일주일에 두세 번씩 아내를 만족시켜 줄 수 있게 된 것도 특이한 변화였다. 회사생활을 하면서 틈이 나는 대로 주위의 산에 등산도 하고 주말에는 아내와 함께 골프를 즐기면서 여느 직장인과 다름없는 생활을 이어갔다. 그러나 회사의 사정이 예전만 같지 않게 변했다. 40년 이상 회사 생활을 하면서 항상 성과를 잘 내는 모범 직장인이었지만, 회사의 주인이 바뀐 후부터 할 일이 별로 없어졌다. 그리고 왠지 소외되는 것 같은 기분도 들었다. 65세가 된 일범은 회사를 그만두고 '남은 인생을 즐기면서 살아야겠다.'는 결심을 했다. 평생 회사밖에 몰랐던 사람이 회사를 떠난다는 것은 '물고기가 물을 떠나는 것과 같지 않을까?' 라는 두려움이 있긴 했지만, 회자정리(會者定離) 아닌가? 퇴사를 하자 환송회가 열렸다. 소주에서 시작해 맥주, 양주까지 끊임없이 마셨다. 두주불사(斗酒不辭)란 '말 술을 마다하지 않는다.'는 뜻으로 원래 막걸리 같은 술에 해당되는 용어였지만, 현재의 일범에게는 청탁불문(淸濁不問), 안주불문(按酒不問)이었다. 무슨 술이든지 아무리 마셔도 취하지를 않았다.

회사생활에서 자유로워진 일범은 평소에 해 오던 운동 외에 '한국의

100대 명산을 다 오르겠다.'는 목표를 세웠다. 평일에는 집 앞의 산을 오르지만 주 1~2회는 무조건 100대 명산 중 한 곳으로 갔다. 문제는 집에서 가까운 산은 당일로 갔다 올 수가 있었지만, 멀리 있는 산은 1박 2일이 필요하다는 점이었다. 가능한 새벽에 출발해 등산을 하고 밤 늦게 돌아오려고 했지만 1박 2일을 하지 않으면 안 되는 산이 너무 많았다. 일범의 운동에 대한 욕심은 점점 커져서 오전에는 자전거를 타고, 자전거를 타는 중간에 운동기구가 있으면 상체운동도 열심히 했으며, 오후에는 산을 올랐다. 또 틈만 나면 아내와 함께 파크 골프를 치러 다녔다. 산을 오를 때는 가급적이면 빠른 속도로 걸었다. 처음엔 산을 오르는 것이 너무 숨이 찼지만, 단전호흡(丹田呼吸)을 통해 단전(丹田)에 기(氣)를 축적해 가면서 계속 등산을 하다 보니 점점 수월해짐을 느낄 수 있었다. 이런 생활을 계속 하다 보니 '운동량이 너무 많은 것 아닌가?' 하는 걱정도 생겼다. 그러나, 계속해서 단련하니 체력은 점점 좋아졌다. 나이로는 65세가 넘은 노인이었지만 체력으로는 30대가 부럽지 않게 되었다.

제4장

캐나다 여행

1년 동안을 꾸준히 운동하면서 100대 명산을 찾아 다니는 일범은 '수련도 인생을 즐기면서 하자.'라는 생각을 하였다. 어느 날 운기행공(運氣行功)을 마친 일범은 15년 전의 100m 달리기가 생각나 다시 한번 달려 시간을 재 보기로 했다. 15년 전에는 13초였지만, 요즘의 컨디션으로 봤을 때 더 단축할 수 있을 거란 자신감이 생겼다. 결과는, 이게 웬일인가? 10초, 믿기지 않는 결과였다. 믿을 수가 없어 다시 한번 달려 보았으나 역시 10초. 조금만 더 노력하면 전국체전에 나가서도 금메달을 바라볼 수 있는 기록이다. 무협소설에는 초상비(草上飛), 수상비(水上飛: 물 위를 달릴 수 있는 경공의 경지), 또는 답설무흔(踏雪無痕: 눈을 밟고 뛰어도 눈에 발자국이 남지 않는 경지)이니 하는 경신술이 있는데, 그것은 경공(輕功)을 배운 소설 속의 얘기일 뿐 '현실에서는 있을 수가 없다'고 생각했지만, 한편으로는 '사람이 노력하면 초보적인 초상비(草上飛) 수준으로 달릴 수 있겠구나.'라는 생각도 들었다. 일범은 계속 노력해서 '전국체전에 달리기 선수로 참가해야겠다.'는 목표를 세웠다. 그러나 이 사실을 아내에게는 알리지 않기로 했다. 행복한 은퇴 생활을 꿈꾸는 아내인데, 잘 못 되면 인생 자체가 생각지도 않은 방향으로 꼬여버릴 지도 몰랐기 때문이었다. 대신에, 아내에게 여행을 가자는 제안을 했다. 아내는 세계에서 가장 경치가 아름다운 곳인 "캐나다의 로키산맥(Rocky Mountains)을 한 번 더 가자"고 했다. 로키산맥은 세번이나 갔다 온 곳이기 때문에 웬만한 경치는 이미 외울 정도였으므로 이번에는 색다른 경험을 해 보고 싶었다. 라카부 산(Rakaboo Mountain)에서의 빙벽 등반을 해 보고 싶었으나 아내가 '안되겠다'고 해서 포기를 하고, 재스퍼(Jasper)에 있는 순왑타(Sunwapta) 강에서 래프팅(Rafting)에 도전하였다. 'Sunwapta'란 스토니 인디언(Stoney Indian)의 말로 '소용돌이치는 강'이란 뜻이다. 6명이 한 보트에 타서 서로 협력하여 약 13km 떨어진 목적지까지 급류를 타고 내려와야 하는데, 이름 그대로 소용돌이 치는 강(turbulent river)이 맞았다. 급류를 통과할 때마다 아내는 많이 힘들어 했지만, 노련한 가이드의 인솔하에 비명과 환호로 가득 채워진 일범 일행의 래프팅(Rafting)은 약 4시간만에 무사히 목적지에 도착할 수 있었다. 급류도 급류지만 강 양옆으로 펼쳐진 캐나다 로키의 장엄한 경치는 이루 말로 표현할 수 없을 정도로 멋졌다. 역시 여행은 그냥 구경하는 것보다 직접 참여하는 것이 제대로 즐길 수 있는 것이다. 재스퍼(Jasper)에서 하루를 푹 쉬고 그 다음날은 밴프(Banff)로 넘어왔다. 밴프(Banff) 국립공원에서 가장 경치가 좋은 곳은 루이스 호수(Lake Louise)이다. 아무리 보아도 다시 보고싶은 곳이라 루이스 호수를 다시 찾았다. 에메랄드 빛 호수의 물결과 저 멀리 보이는 빙하가 잘 조화를 이룬 풍경은 한 장의 사진과 같았다. 호텔 옆에는 전에 왔을 때는 보지 못했던 모터보트 타는 곳이 있었다. 일범은 캘리포니아의 타호 호수(Lake Tahoe)에서 모터보트를 대여하여 직접 마음껏 스피드를 즐겼던 기억이 되살아 났고, 또 제주도에서 모터보트를 탔을 때 아내도 즐거워했던 순간이 떠올랐다. 탑승할 때에는 "구명조끼를 입고 안전벨트를 꼭 매라."는 안전에 관한 당부가 있었다. 드디어 모터보트가 출발했다. 스피드를 낼수록, 또 보트가 방향을 급변경할수록 커지는 그 스릴은 경험해 본 사람만 아는 희열이었다. 일범은 옆으로 스쳐오는 물보라를 좀 더 만끽하기 위해 안전벨트를 풀어버리고 튕기는 물을 손으로 잡아보려 했다. 탑승한 모두가 스피드에 환호를 지르며, 저 멀리 보이는 빙하도 감상하면서 호수 한가운데를 한참 달려 나갔다. 그런데, 갑자기 보트가 큰 바위에 부딪힌 것 같았다. '쿵' 하는 큰 소리가 나면서 보트의 앞부분은 하늘 높이 치솟아 오르면서 순식간에 전복되고 말았다. 물에 빠진 사람들은 모두 비명을 지르며 '살려달라'고 아우성이었다. 일범은 안전벨트를 풀어 놓은 상태라, 몸이 보트에서 튕겨져 나가 크게 당황했으나, '구명조끼를 입었으니 설마 빠지지는 않겠지.'라고 생각했다. 그런데, 무엇인가가 일범을 호수 아래 바닥으로 끌어당기고 있는 게 아닌가. 호수 바닥으로 가라 앉으면서 일범은 정신을 잃었다. 사람들은 뒤집힌 보트에 몸을 의지한 채 구조 요원들이 오기를 기다렸다. 다행히 모두가 안전벨트를 하고 있었고, 구명조끼를 착용한 상태라, 구조요원들이 도착하여 한 사람, 한 사람을 안전하게 구조했다. 모두가 안전한 경찰 보트로 이동했을 때, 일범의 아내가 찢어질 듯한 비명을 질렀다. "남편이 없어요, 남편이 없다구요!" 구조된 사람들이 안도감에 한숨을 쉬다가 일행 중 한 명이 물에 빠진 것을 알고는 모두 사색이 되었다. '구명조끼를 입었으니 떠오를 거야.' 모두들 기대했지만, 호수는 말이 없고, 아내의 울음소리만 메아리가 되어 울려 퍼졌다. 구조된 승객들이 아내를 달래려고 했으나, 어떻게 위로한단 말인가? 울다 지친 아내는 결국 실신해 버렸고, 경찰은 아내를 긴급히 병원으로 후송했다. 수상 안전요원들과 경찰, 잠수요원들로 구성된 구조팀은 실종자 수색작업을 계속했다. 10일간 호수 바닥을 샅샅이 탐색하였으나 실종자를 찾지 못했고, 더군다나 보트가 뭔가에 부딪힌 지점에서도 바위나 암초 같은 걸 확인하지 못했다. 사고가 일어난 열흘 후에 캐나다 경찰은 공식적인 사고 경위를 발표했다.

"루이스 호수의 보트 전복사고로 보트에 탔던 12명의 승객 중 11명은 안전하게 구조되었으나, 불행히도 1명은 실종 상태입니다. 경찰은 지난 10일간 최선을 다해 호수 바닥까지 샅샅이 뒤졌으나 결국 실종자를 찾지 못했습니다. 보트가 전복된 원인을 규명하게 위해 다각도로 조사를 했지만, 호수 내에 바위나 암초 같은 것도 발견하지 못했습니다. 경찰에서는 앞으로도 실종자 수색작업을 계속 진행할 계획입니다. 이러한 사고가 난 데 대해 대단히 죄송하며, 사고 원인 규명과 재발 방지 대책을 마련하는 데 최선을 다하겠습니다. 다시 한번 죄송하다는 말씀을 드립니다."

사고 후 2주일이 지났다. 일범의 아들이 캐나다 병원에 있는 어머니에게 왔다. "엄마, 아빠는 가신 거고, 문제는 엄마의 건강입니다. 이제 정신 추스르고 뭘 좀 드세요. 이러다가는 엄마까지 위험해요."라고 했지만, 아내는 포기하지 않았다. "얘야, 니 아빠는 나랑 함께 죽기로 약속했단 말이다. 절대로 먼저 가시지 않았어. 언젠가 돌아오실 거야. 기다려 보자." 엄마 건강이 더 걱정인 아들은 "엄마, 기다리려면 엄마가 우선 살아 있어야 할 것 아니예요? 그러니 뭘 좀 드세요. 그래야 기다릴 수 있는 거 아닙니까?"라고 했다. 집안 형제들은 조심스럽게 장례 얘기도 했지만 아내 앞에서 말할 엄두를 내지 못하고 있었다. 그동안 한국 매스컴에서도 루이스 호수(Lake Louise) 보트 전복사고는 이슈가 되어 해외 여행시의 안전에 대해 온 국민이 다시 한번 상기하는 계기가 되었고, 일범이라는 이름이 졸지에 뉴스에 오르내리게 된 것이었다.

사고 후 한 달이 지났다. 보트 전복 사고의 여파로 루이스 호수의 모터보트 체험은 영업을 중단하고 있었다. 예기치 못한 사고로 할 일이 없어진 직원은 하염없이 사고가 난 호수만 바라보고 있었다. 그때 저 멀리서 무언가 움직이는 것을 보았다. 아무도 나가지 않는 호수에 무엇일까 유심히 관찰하고 있는데 점점 가까이 오는 물체는 헤엄을 치는 사람같이 보였다.

직원은 결국 호안까지 헤엄쳐 온 사람에게 물었다. "Who are you?(당신은 누구요?)", 호수에서 헤엄쳐 온 사람은 "I'm ilbum, an ordinary man.

(나는 일범이라고 하며, 한 평범한 사람이요.)"이라고 대답했다. 직원이 다시 "Why did you swim from the center of the lake?(왜 호수 한가운데서 헤엄쳐 온 거요?)"라고 물었을 때, 일범은 "Because I was there.(내가 거기 있었기 때문이지요.)"이라고 대답했다. 직원이 다시 "Why were you there?(왜 거기 있었소?)"이라 물었을 때, 일범은 "I was sunk under water, but I cannot remember when it was.(물속에 빠졌는데 언제였는지는 기억나지 않소.)"라 대답했다. 직원은 순간적으로 한 달 전 보트 전복 사고로 실종된 사람이 생각나서 깜짝 놀라며, "Are you the missing man of the boat accident a month ago?(당신은 한 달 전에 보트 사고로 실종된 그 사람이요?)"라고 소리쳤다. 일범은 눈을 동그랗게 뜨고는 "Probably.(아마도 그럴 거요.)"라고 대답했다. 직원이 곧바로 사무실로 연락을 하고 경찰이 현장에 도착하기까지는 순식간에 벌어진 일이었다. 경찰서에 도착한 일범은 경찰이 묻는 여러가지 질문에 생각나는 대로 그 동안의 경위를 설명했다. 사실 그날 일범이 안전벨트를 벗어버린 것이 가장 큰 실수였다. 물에 빠질 때만 해도 정신은 멀쩡했고 구명조끼를 입었기 때문에 물속에 가라앉을 거라고는 상상도 못했다. 그런데, 물속에서 큰 거북이 한 마리가 일범을 끌고 호수 바닥으로 내려가는 것이었다. 혼절했던 일범이 정신을 차렸을 때는 거북이가 일범의 입에 뭔가를 먹여주고 있었다. 끈적끈적한 액체였는데, 그걸 받아먹으니, 정신이 돌아왔고 숨도 쉴 수 있었다. 일범은 자신이 어디에 와 있는지도 몰랐고, 그저 거북이가 주는 끈적끈적한 액체만 받아먹었는데, 그걸 먹으

40

니 배는 고프지 않았다. 시간이 얼마나 흘렀는지 밖에서 어떤 일이 벌어졌는지는 당연히 몰랐다. 어느 날 그 커다란 거북이 물 위로 자신을 밀어 올려 주자 헤엄을 쳐 밖으로 나온 것이었다. 사실 일범은 예전에 수영강습을 1년 정도 받은 적이 있었지만, 힘이 부족해 수영은 500m 정도가 한계였다. 수영강사에게 "왜 나는 오랫동안 헤엄을 칠 수 없느냐?"고 물었을 때 수영강사는 "스테미너 부족이다. 꾸준히 연습하는 방법밖에 없다."라고 한 적이 있었다. 루이스 호주 중앙에서 호안까지 헤엄쳐 온 것은 살기 위한 몸부림이었는지 스테미너가 충만한 것인지는 모를 일이었다. 이튿날 캐나다의 방송에서는 'An ordinary man is a mystery man.(평범한 사람은 미스터리한 사람이었다.)'이라는 제목으로 대대적인 보도가 있었다. 인터뷰를 하려는 기자들이 쇄도했지만 경찰에서 신변 보호를 잘 해 주어서, 곤욕을 치르지는 않았다. 일범은 며칠 더 캐나다 경찰의 조사를 받고, 한국 대사관으로 인계되었다.

한국 매스컴에서도 난리가 났다. '어떻게 사람이 물속에서 한 달을 살 수 있느냐'가 가장 큰 화제였다. '신이 도왔다'는 의견이 주류를 이루는 가운데, 대부분의 의사들은 '과학적으로는 불가능한 일'이라 했는데, 한 한의학자는 "거북이 같은 장수 동물은 몸속에 내단(內丹: 주로 수백~수천 년을 살아서 영물이 된 동물들의 몸속에 기(氣)가 축적되어 만들어진 일종의 결정체를 지칭하는 말)이 생기는데, 이번 경우는 거북이가 천 년이 넘어서 내단(內丹)이 액화(液化)된

게 아닐까 생각된다."라는 의견을 내 놓았다. 어쨌던 일범은 한국에서 두 번이나 매스컴을 떠들썩하게 만든 유명인이 되어 버렸다.

일범은 루이스 호수 물속에서 거북이와 함께 한달간 무슨 일이 있었는지 기억해 내려고 곰곰이 회상해 보았다. 거북이가 뭔가를 자꾸 먹여 준 것은 또렷이 기억이 나는데, 어떻게 시간이 갔는지, 물속에서 어떻게 숨을 쉬었는지 도무지 기억이 나지 않았다. 거북이가 잡아당기는 대로 어느 바위 굴 속으로 갔던 기억이 어렴풋이 떠올랐다. 그곳에서 밝은 불빛을 본 기억도 떠올랐다. 그러나 그 불빛이 무엇인지, 거기서 무슨 일이 있었는지는 전혀 기억을 할 수 없었다. 어느 날 거북이가 물 위에 밀어 올려 줬고 그대로 헤엄쳐서 나온 것 외에는 아무리 생각해도 생각나는 게 없었다. 과연 물속에서 무슨 일이 있었던 것일까?

제5장

신명 神明
수련

한국으로 돌아온 일범에게 기자들의 끊임없는 인터뷰 요청은 일범 가족들을 피곤하게 했다. 가장 많은 질문은 역시 '물속에서 어떻게 한 달간 살 수 있었느냐?'였다. 그리고 '하나님을 믿느냐?', '하나님이 살려주신 것으로 생각지 않느냐?' 같은 질문이었다. 일범의 대답은 한결같았다. '거북이가 주는 뭔가를 먹고 지냈으며, 날짜 가는 줄도 몰랐고, 종교는 없다.'였다. 기자들의 관심이 좀 멀어지면서 일범은 정말 무슨 일이 일어난 것인지? 앞으로 어떻게 살아가야 할 것인지 심각하게 고민하기 시작했다. 우선 몸 상태를 점검하는 것이 급선무였다. 조용한 방에서 온 몸의 기운을 소주천(小周天)시켜 보았다. 기운은 예전에 비해 훨씬 강해진 것 같았다. 단전(丹田)에는 파크 골프에서 사용하는 볼(Ball)만 한 기운 덩어리가 활활 타오르고 있었다. 전에는 탁구공 만한 기운 덩어리였는데 이것이 파크 골프 볼(Ball)만 하게 커진 것이었다. 정말 뭔가 큰 변화가 일어난 것인데 도무지 그 원인을 알 수가 없었다. '혹시 물속에서 거북이에게 받아먹은 그 끈적거리던 액체가 '천고의 영약 같은 게 아니었을까?'라는 생각도 들었지만 이내 고개를 흔들었다. 많은 무협지를 읽어 봤지만 그런 것은 금시

초문이었기 때문이었다. 어쨌던 '단전(丹田)에 축기(縮氣)를 더 해야겠다.' 는 생각으로 매일 운기행공(運氣行功)에 더욱 집중을 하였다. 새벽에 일 어나 행공(行功)을 하다 보면 수승화강(水昇火降)의 원리에 의해 단전(丹田)은 뜨거운 기운으로 가득 차고, 머리가 시원해져서 기분이 너무나 상쾌했다. 때로는 몸이 공중으로 붕 떠오르는 기분이 들 때가 많았다. 호수 바닥에서 한 달 간 무슨 기연이 있었는지 기억은 없지만, 몸 상태가 이전보다 훨씬 좋아진 것은 분명했다.

일범은 몸 상태가 아주 좋았으므로 '좀 더 차원 높은 수련을 해야겠다.' 는 생각을 했다. 일범은 정충(精充), 기장(氣長), 신명(神明)의 단계에서 정(精)은 충만하고 기(氣)도 어느 만큼 장(長)한데, 문제는 신(神)이 밝아지지 않았다는 것을 깨닫고, '신(神)을 밝히는 수련을 해야겠다'고 마음먹었다. 신(神)을 밝히는 방법은 상단전(上丹田)을 여는 방법밖에 없었다. 사람의 신체에는 세 개의 단전이 있는데, 흔히 말하는 단전(丹田)은 하단전(下丹田)을 의미하고, 명치부의 단중혈(膻中穴)을 중단전(中丹田), 그리고 이마 정중앙의 인당혈(印堂穴)을 상단전(上丹田)이라 한다. 부처의 이마에 있는 백호(白毫)라고 하는 점이 있는 바로 그 자리이다. 상단전(上丹田)을 여는 방법은 어디에도 나와 있지 않고, 누구도 상단전을 연 사람이 없으므로 배울 스승도 없다. 스스로 방법을 찾아내는 수밖에 없는 것이다. '판관 포청천'이라는 영화에서 포청천의 이마에 반달 모양의 흉터 자

46

국 같은 것이 간혹 빛을 발하는 경우가 있었는데 '이것이 상단전(上丹田)이 열린 게 아닌가.'라는 생각이 들었다. 상단전(上丹田)을 여는 방법은 천천히 찾아보기로 하고 우선 현재 주어진 환경에서 최선을 다 하는 것이 주요하 것이 아니겠는가? 일범은 천부경(天符經)의 의미를 다시 되뇌어 보았으나, 여전히 숨은 비결을 짐작할 수 없었다. 삼일신고(三一神誥)에서 심기신(心氣身)부분은 이해가 되어, 마음을 착하게 쓰고, 기운은 맑게 유지하고, 몸을 단련시키는 수련을 계속 하고 있었지만, 감식촉(感息觸) 부분은 그 의미가 늘 애매하였는데, 드디어 지감(止感), 조식(調息), 금촉(禁觸)의 의미를 깨닫게 되었다. 지감(止感)은 기쁨을 빛으로 나타내지 않고(僖不形色), 성을 내도 기운을 부리지 않으며(懼不使氣), 두려워하되 겁내지 않고(哀而不怯), 슬퍼하되 훼손하지 않으며(怒而不毁), 탐하나 청렴함을 잃지 않고(貪不傷廉), 싫어도 뜻을 게을리하지 않는다(厭不情志)는 의미임을 깨달았다. 조식(調息)은 분란한열진습(芬란 寒熱震濕)의 여섯 가지 기운을 어느 하나도 빠뜨리지 않고, 또한 어느 하나에도 치우치지 않음에 있는 것이며, 금촉(禁觸)은 교언을 귀에 들이지 않음(聲), 망색을 눈에 접하지 않음(色), 코로 비린내를 맡지 않음(臭), 입으로 시원함을 탐하지 않음(味), 음에 있어서 간악(姦惡)함에 이르지 않음(淫), 부딪치되 살이 헐지 않게 함(抵)에 있다는 것을 깨달았다.

'신명(神明)수련으로 상단전(上丹田)을 연다.'는 것은 서두른다고 되는 일이 아니므로, 일범은 아무런 일도 없다는 듯이 아내와 함께 노후 생활을 보내고 있었다. 가까운 산에 등산도 다니고, 어디에 맛집이 있다고 하면 외식을 하기도 하였다. 그러나 아내에게 내색은 하지 않았지만 무슨 일을 하든 항상 마음 속에는 신명(神明)의 방법을 생각하고 있었다. 그리고 두 가지의 수련법을 생각해 내었다. 하나는 안법(眼法)수련이고, 다른 하나는 심력(心力)수련이었다. 안법(眼法)은 물체를 정확하게 꿰뚫어 보는 능력이고, 심력(心力)은 의지력으로 물체를 이동시키는 능력이다. 밥을 먹다 말고 물체를 뚫어지게 쳐다보고 있는 경우가 많아 아내에게 "밥 안 먹고 뭐 생각하세요?"라는 소리를 수시로 들어야 했다. 그러나 심력(心力)으로 물체를 이동시킨다는 것이 이론적으로는 가능할지 몰라도 실제로는 불가능한 것이었다. 심력(心力) 수련에 매달린 지 1년이 다 되어 갔으나, 전혀 진전이 없었다. 괜히 정신 나간 사람으로 오해받기가 일쑤였다. 일범은 자신의 내공(內攻)이 어느 정도 수준인지 대강 짐작하고 있었기 때문에, 1년 동안 노력해도 마음으로 물체를 단 1cm도 움직일 수 없다는 사실에 크게 실망을 했다. 그러다 갑자기 어검술(御劍術: 손에서 떨어진 검(劍)이 홀로 자유자재로 움직여 적을 공격하는 기술 또는 경지)이라는 검술의 경지가 생각났다. 일범은 '어검술(御劍術)은 심검(心劍)이 아니고, 내공(內攻)의 운용이 아닐까?'라는 생각을 하게 되었다. '그렇다. 마음으로 물체를 움직이려고 하지 말고 기(氣)로 물체를 움직여 보자. 허공섭물(虛空攝物: 고강한 내공을 쌓은 고수가 기(氣)로 멀리 떨어진 사물을 움직이는 기예)이라는 무공도 있지 않은가?' 이때부터 일범은 심력(心力)으로 물체를 이동시키려는 노력 대신 기운(氣運)으로 물체를 이동시키려는 수련을 시작했다. 방바닥에 종이 조각 하나를 놓고 손에 기(氣)를 모아 잡아당겨도 보고, 밀어도 보고, 옆으로 움직여도 봤더니, 신기하게도 조금씩 움직일 수가 있었다. "된다. 된다. 드디어 된다. 바로 이거다!" 일범은 너무나 기뻐 혼자 소리를 질렀다. '지난 일년 동안의 노력이 헛수고는 아니었다.'는 생각에 자신도 모르게 소리를 지른 것이었다. 조그만 종이 한 조각을 움직인 것은 시작이었다. 다음단계에서는 종이 한 장을 움직여 봤는데, 잘 되지 않았다. 약 1m 거리에서 촛불을 끄는 것은 성공했다. '기(氣)의 운용으로 물체를 움직일 수 있다.'는 사실을 깨달은 것 만으로도 큰 수확이었다. 계속해서 연습하다 보면 언젠가는 허공섭물(虛空攝物)의 수법이 될 것 같은 생각에 매일의 생활이 너무 즐거웠다. 축기(蓄氣)와 운기(運氣)수련에 매달린 지 1년쯤이 지나자 간단한 물체는 이동시킬 수가 있게 되었다. 손주가 집에 놀러 와서 함께 팽이치기를 하는데, 손주는 열심히 팽이채로 팽이를 후려쳤지만 일범은 팽이채가 필요 없었다. 그냥 팽이를 한번 돌려놓고 기(氣)를 운용하여 팽이를 계속 돌릴 수가 있었다. 손주가 "할아버지 팽이는 때리지 않은데 왜 계속 돌아가요?"라고 물었을 때는 "글쎄, 할아버지도 잘 모르겠네. 팽이가 왜 계속 돌아갈까? 아마 귀신이 붙었나 보다. 아이구 무서워라." 하면서 팽이를 얼른 주웠다. 딱지치기도 마찬가지였다. 손은 그냥 휘두르는 시늉만 하고 입김을 후~ 불어 쉽게 딱지를 뒤집을 수 있었다. 안법(眼法)수련도 제법 발전하여 동네 노인들과 고스톱이라도 치면, 화투 밑이 흐릿하게 나마 짐작이 되었다. 안법(眼法), 심력(心力), 허공섭물(虛空攝物), 이 세 가지의 수련은 일범의 생활이 재미있으면서도 활력이 넘치도록 해 주었다. 마을 경노당에 걸려 있는 벽시계의 시침을 돌려 놓고는 노인회장에게 "저 시계가 안 맞는데요."라고 놀리는 기분도 재미있었다.

 일범은 가족들에게 여전히 자신의 몸 상태를 비밀로 하고, 평화로운 일상 속에서 심신을 단련했다. 몸은 경공(輕功)의 경지를 높이는 수련을 위주로 하면서, 내공(內攻)과 안법(眼法) 증진에 힘쓰고, 마음은 심력(心力)과 허공섭물(虛空攝物)의 힘을 키우는 데 주력하였다. 안경이나 손목시계 같은 물건도 기(氣)의 운용으로 움직이게 되었다. 일범은 골프를 참 좋아했으나, 골프를 즐기기에는 경제적인 여유가 없어서, 골프 대신 아내와 자주 파크 골프를 치러 다녔는데, 파크 골프의 볼(Ball)을 움직일 수 있는지 시도해 보았다. 일반 골프 볼(Ball)이 약 50g 정도인데 비하여, 파크 골프의 볼(Ball)은 골프 볼(Ball)보다 크고, 무게도 약 100 g 정도 되어 심력(心力)과 기(氣)운용으로 움직이는 것이 쉽지 않았다. 단순히 움직이게 하는 것도 쉽지 않은데, 목표물인 홀(Hole)방향으로 움직이게 하는 것은 불가능했다. 일주일에 거의 3일씩 파크 골프를 치러 다녔지만, 마음먹은 대로 되지는 않았다. 일범은 비교적 값이 싼 동남아로 골프여행을 가기로 계획을 세우고 여행사를 통해 태국 방콕의 골프장 몇 군데를 예약을 했다. 친구 부부와 함께 방콕에 도착했으나, 워낙 오랫동안 골프를 치지 않아서 스윙이 엉망이었다. 다만, 그동안의 신체 단련 덕분으로 비거리는 엄청 나갔다. 친구가 "야, 너 골프를 몇 년이나 쳤나? 거리가 장난이 아니네." 하면서 놀라워했다. 아내는 오랜만에 쳐 보는 골프라 거리, 방향, 퍼팅 모두가 생각보다 안되어 좀 속이 상한 것 같았다. 일범은 파크 골프 볼(Ball)로 연습한 방법대로 퍼팅(Putting)할 때 볼(Ball)을 홀(Hole) 방향으로 이동시켜 보려 했으나 잘 되지 않았다. 골프 볼(Ball)의 무게로 봐서는 어려울 것이 없을 것으로 생각되었으나 움직이는 물체를 컨트롤한다는 것은 정지해 있는 물체를 움직이는 것보다 어렵다는 것을 깨달았다. 5일 동안, 방콕 시내에 있는 마스터 CC, 비스타 CC, 플로라빌CC, 판야 인드라 CC, 파인 허스트 CC등 다섯 곳의 골프장을 돌면서 퍼팅(Putting)할 때, 볼 컨트롤에만 신경을 써 보니, 훨씬 좋아졌다. 스리 퍼트(Three Putts)는 아예 없었고, 투 퍼트(Two Putts)도 거의 홀(Hole)에 바짝 붙일 수 있었으며, 원 퍼트(One Putt)에 넣어버리는 경우도 많았다. 친구는 일범에게 '퍼신(퍼팅신)'이라며 감탄했다. 일범은 방콕 골프 여행을 통해 '움직이는 물체에 대한 방향 컨트롤이 가능하다.'는 수확을 얻었다. 한국으로 돌아온 일범은 단순한 물체의 움직임에 국한하지 않고, 살아서 움직이는 동물에게도 기(氣)의 운용이 가능한지 연습하기 시작했다. 동물에 대한 컨트롤은 기(氣)에만 한정되는 것이 아니었다. 기(氣)와 안법(眼法)과 심력(心力)의 3박자가 잘 조화를 이루어야만 가능하다는 것을 깨달았다. '계속 노력하다 보면 안 되는 게 없다.'는 신념을 가지고 끊임없이 수련을 하니 지나가는 낯선 개를 불러서 가까이 오게 할 수준에 이르렀다.

　일범은 이제 일흔 살이 되었다. 70세를 고희(古稀)라고 하는데, 이것은 당나라 시성(詩聖) 두보(杜甫)의 시 '곡강(曲江)'에 나오는 인생칠십고래희(人生七十古來稀)의 준말로, '옛부터 사람이 칠십 년을 사는 예는 드물다.'는 뜻이다. 그러나 원래 사람의 수명은 지금보다는 훨씬 길었다. 기독교의 성경에는 아담이 930세까지 살았고, 창조(創造) 때부터 아브라함과 모세에 이르기까지 인간의 평균 수명은 점점 줄어든다. 아담에서 라멕까지는 800-1,000세이고, 노아에서 아브라함까지는 200-600세이며, 아브라함에서 모세까지는 100-200세이다. 우리나라 역사의 한인천제들께서도 대개 700세를 사셨으며, 한웅 천황들께서도 수(壽)가 100~150이었다는 기록이 있는 걸 보면, 인간이 환경오염으로 타락하기 이전에는 지금보다 훨씬 오래 살았다는 것은 사실인 것 같았다. 일범에게 지난 4년 동안은 그야말로 일취월장(日就月將)하는 기간이었다. 경공(輕功)은 거의 초상비(草上飛)수준은 되는 것 같았다. 이제 100m는 달리면 10초 이내로 달릴 수 있을 것 생각이 들었지만, '눈 위에 발자국을 남기지 않고 달린다.'는 답설무흔(踏雪無痕)의 경지에 이르려면 앞으로도 엄청난 수련이 필요할 것 같았다. 빨리 달리는 수준에 그치지 않고 높이 뛰어오르는 경공(輕功)도 구름을 사다리 삼아 딛고 오르듯 진기(眞氣)를 조절하여 공중에 오르는 기술인 무당(武當)파의 제운종(梯雲縱)까지는 못 미쳐도, 진기(眞氣) 한 모금으로 약 1장(丈: 3m) 정도의 높이를 뛰어오를 수 있었으니, 초보적인 어기충소(御氣衝溯: 어기충천(御氣衝天)이라고도 하며, 기를 다루어 거스른다, 혹은 하늘로 솟구친다는 의미. 도약하는 자세나 동작 없이 다리를 포함한 온몸을 꼿꼿이 펴고 내공을 이용해 수직으로 박차 오르는 형태이다)의 단계까지 와 있는 것 같았다. 안법(眼法)과 심력(心力)도 상당히 진전되어, 안광(眼光)이 지배(紙背)를 철(撤)하고, 심기혈정(心氣血精)의 단계에 이르렀다. 일범의 나이 50에 엉뚱한 상상에서 시작한 수련이 벌써 20년이 된 것이다. 일범은 '나이가 70이 되었다.'는 것을 '이제부터 시작'이라고 생각하고, 무엇을 할 것인가 계획을 세우기 시작했다.

제6장

이름을 떨치다

일범은 자신이 지금까지 20년간 수련한 결과로 충분히 세상에서 큰 일을 할 수 있다고 생각했다. 우선 달리기, 높이 뛰기, 멀리 뛰기와 같은 육상 종목에 자신이 있었다. 그런데, 나이가 70이나 된 사람을 누가 육상 선수로 봐 줄 것인가가 문제였다. 곧 전국체전이 열리게 되어 있는데, 각 시, 도 마다 한창 대표선수 선발전이 열리고 있었다. 일범은 우선 시(市)체육회 관계자를 만나야 했으나, 어떻게 해야 체육회 관계자를 만날 수 있는지도 알지 못했다. 평소 알고 지내는 농협조합장에게 '어떻게 하면 시(市)체육회 관계자를 만날 수 있냐'고 물어보니, '왜 만나려고 하는지?' 되물었다. 일범은 적당한 핑계거리가 생각나지 않아 얼떨결에 "아, 이번 전국체전을 앞두고 시(市)체육회에 찬조금을 좀 내려고 합니다."라고 거짓말을 하고 말았다. 사실 연금으로 살아가고 있는 일범의 형편상 찬조금을 낼 만한 여유가 없었지만, 일단 내뱉은 말이라 약간의 현금을 준비했다. 어쨌던 그렇게 해서 체육회 관계자를 만날 약속은 잡혔다. 시(市)체육회에는 회장, 수석부회장과 여러 명의 부회장, 그리고 여러 명의 이사들이 있었는데, 일범은 이사들 중에서 여성 이사 한 사람과 만날 수 있었다. 머리를 박박 깎은 일범이 나타나자 그 여성 이사는 좀 당황하는 눈치였다. "아니 스님께서…."라고 하면서, 어떤 차를 마시겠는지 물었다. 일범은 "아, 나는 스님은 아니고, 그냥 사정이 있어 머리카락을 밀고 다니는데, 중으로 오해받을 때가 종종 있죠, 허허." 하면서 분위기를 잡았다. 이사는 "조합장님으로부터 말씀 들었습니다. 이거 감사해서 어쩔지 모르겠네요."라고 했다. 일범은 준비해 온 봉투를 내밀면서 "얼마 안 되지만 조금 도움되었으면 좋겠네요."라고 하면서 '단도직입적으로 용건을 얘기하는 게 좋겠다.'는 생각이 들었다.

"저어, 이사님, 사실은 내가 부탁이 하나 있는데, 괜찮겠습니까?"

"예, 예, 말씀하시죠. 무엇을 도와 드리면 될까요?"

"저기 육상선수는 나이 제한이 있습니까?"

"아닙니다. 일반부는 나이 제한은 없습니다. 누구나 실력이 뛰어나면 되죠."

"선수선발은 어떤 과정을 거칩니까?"

"우선 예선전을 거치고, 예선을 통과한 선수 중에 대표선수를 뽑는 거죠."

"아, 그러하군요, 그러면 예선전에 참가하려면 어떻게 하죠?"

"선생님 자제분 중에 누군가 참가하시려는 가 본데, 육상선수 선발은 육상협회에서 주관하기 때문에 저는 잘 모르겠습니다."

"아, 또 육상협회가 있군요. 죄송합니다만, 육상협회 관계자분을 좀 소개시켜 줄 수 있습니까?"

이사는 한참을 망설이더니, "좋은 선수를 소개시켜 주시겠다고 하는데, 당연히 알려드려야죠." 하면서, 육상연맹의 사무장이라는 사람의 이름과 전화 번호를 알려 주었다.

그다음 날, 일범은 육상연맹 사무장이라는 사람의 사무실로 찾아갔다. 사무장은 "혼자 오셨습니까?"라고 물었다. 일범은 "아, 예. 육상선수에는 나이 제한이 없다고 하던데 사실이 그렇습니까?"라고 물었다. 사무장은 "예, 일반부는 특별히 나이 제한은 없습니다. 그런데 선수는 같이 안 오셨습니까?"라고 물었다.

"아, 예. 사실은 내가 한번 뛰어 보고싶습니다."

"예? 어르신이 선수로 뛰신다구요?"

"아, 예. 평소에 달리기를 좀 했는데, 실력을 한번 검증받고 싶어서…."

"나이 제한이 없는 건 맞지만, 어르신께서 젊은 사람들과 함께 뛴다는 건 좀 이상해서요."

"운동에 나이가 있겠습니까? 한 번 뛰어 보고싶은데 신청은 어떻게 하는지 좀 알려 주세요."

"예, 예. 알겠습니다. 그런데 어느 종목을 하실겁니까?"

"단거리, 중거리, 장거리, 마라톤 등 달리기는 다 좋은데, 어떤 종목들이 있는지 잘 모릅니다. 달리기에는 몇 종목이 있습니까?"

"예? 무슨 종목이 있는지 모르면서 다 하시겠다구요?"

"그래요. 달리기는 다 자신이 있습니다."

"어르신, 일단, 달리기 종목은 마라톤 외에도 100m, 200m, 400m, 800m, 1,500m, 5,000m, 1만 m가 있습니다. 이 전 종목을 다 하시겠단 말씀입니까?"

"아, 예. 달리기라는 게 뭐 좀 짧은 시간을 뛰느냐, 좀 긴 시간을 뛰느냐의 차이지 어차피 똑같은 거 아닙니까?"

사무장은 기가 찰 노릇이었다.

"알겠습니다. 그러면 이렇게 해 보는 게 어떻겠습니까? 제 제자들 중에 육상 선수가 몇 명 있는데, 그 선수들과 우선 한번 달려보고 어르신이 참가가 가능한지 한번 보는 게 어떻겠습니까?

"아, 좋아요. 언제든지 좋아요."

며칠 후, 일범은 사무장이 알려준 운동장으로 나갔다. 젊은 육상선수들이 많이 모여 있었다. 웬 노인분이 도전한다고 하니 많은 학생들이 구경하러 온 것 같았다. 모두 폼 나는 유니폼과 비싼 러닝 슈즈를 신고 있었으나, 일범은 평범한 트레이닝복과 평범한 운동화를 신고 나왔다. 사무장은 옆에 서 있고, 선수들의 코치 정도로 보이는 젊은이가 인사를 하고는 선수들 몇 명을 소개해 주었다. 100m 선수들의 기록은 대개 10초 초반, 200m

선수들은 20초대, 400m 선수들은 40초 후반이라 소개했다. 일범은 달려서 그들을 이기는 것이 목표였기 때문에 기록에는 전혀 관심이 없었다. 100m 달리기부터 시작되었다. 일범은 5년 전에 100m를 10초에 달린 적이 있었는데, 지금은 그 당시보다 훨씬 향상된 초상비(草上飛)의 경지에 있었기 때문에 최선을 다 하면 1위로 통과할 자신은 있었다. 출발 총성이 울리자 젊은 선수들이 스프링처럼 뛰쳐나갔다. 일범은 맨 앞에 달리는 선수 바로 옆에서 달리다가 5m 정도가 남았을 때 진기(眞氣)를 한 모금 들이쉬고는 맨 앞의 선수를 추월하여 1위로 골인하였다. 경기장에 모인 선수와 구경꾼들은 함성과 함께 웅성대기 시작했다. 머리를 박박 깎은 70 대 노인이 100m 경주에서 젊은 선수들을 물리치고 1위로 골인한 것이 믿어지지가 않았던 것이었다. 코치가 일범 옆으로 다가왔다.

"아니 어르신, 이게 믿어지지가 않습니다. 어르신이 1위로 골인하셨고 기록은 10초입니다."

"허허, 젊은이들이 양보를 한 모양이요."

"아니, 평소에 운동을 어떻게 하셨습니까?"

"그냥 달리기가 좋아 꾸준히 뛰었는데, 내가 남과 겨뤄보는 건 처음이라 약간 부담은 되었소."

"어르신, 200m는 좀 쉬었다 하겠습니다."

"아니, 나는 바로 달려도 상관은 없는데, 준비되는 대로 해 봅시다."

곧이어 200m 경주가 시작되었다. 일범은 이번에도 기운을 조절하여 맨 선두에 있는 선수와 보조를 맞추어 가다가 결승선을 얼마 남지 않은 지점에서 선두 선수를 추월해 버렸다. 이번에는 운동장에 모인 모든 사람들이 함성을 질렀다. 젊은 선수들은 70대 노인의 속도에 감탄을 금할 수 없었다. 시(市)육상연맹 사무장과 육상코치가 제자들 몇 명만 데리고 온 지극히 작은 이벤트라서 취재진과 일반 관객이 없는 것이 다행이라면 다행이었다. 코치는 "어르신, 더 이상 할 필요가 없을 것 같습니다. 어르신의 실력은 충분히 우리 선수 누구보다도 빠릅니다."라고 말했다. 이때, 사무장이 나서서 "아닙니다. 이 분은 달리기 전 종목을 하겠다고 하셨으니, 400m 하나만 더 해 봅시다."라고 말했다. 그리하여 400m 경주가 시작되었다. 일범은 이번에는 작전을 바꾸어 처음부터 치고 나갔다. 경기 시작 전 선수들의 기록이 40초대 후반이라고 했던 코치의 말이 생각나 일범은 손목시계를 보면서 45초 정도에 맞추어 계속 선두에서 달렸고, 끝까지 선두를 뺏기지 않고 결승선을 통과했다. 400m를 전력 질주한 선수들은 숨이 차서 헐떡거렸으나, 일범의 호흡은 평상시나 다름없었다. 사무장과 코치는 나머지 경주를 해 볼 필요가 없다고 판단을 내리고 경기 종료를 선언했다. 일범은 사무장과 코치에게 "오늘 시합결과는 다음에 정식으로 내가 대표선수가 될 때까지 비밀로 해 주시오."라고 말했다. 사무장은 "예, 그렇게 하겠습니다. 오늘은 일단 우리 사무실로 가시죠."라 말했다. 육상연맹 사무실에 도착하니, 약간 나이가 들어 보이는 한 사람이 일범을 맞이했다. 그는 자신을 '시(市)육상연맹 회장'이라 소개했다. "선생님의 실력은 사무장을 통해 들었습니다. 선생님을 만나 뵐 수 있게 되어 영광입니다." 그날, 시(市)육상연맹 소속의 단거리, 중거리, 장거리 및 마라톤 선수로 진일범(眞一凡)이라는 사람이 등록되었다. 회장이 "참 진(眞) 자를 쓰는 성씨도 있습니까?"라 물었을 때, 일범은 진(眞)씨의 유래를 설명해 주었다. "진(眞)씨는 백제 8대 귀족 성씨의 하나인데, 지금은 전국에 살고 있는 진(眞)씨가 얼마 되지 않습니다. 본관을 서산(瑞山)으로 하고 있습니다."

육상선수가 된 일범이 집으로 돌아오자 아내가 "운동 다녀오세요?"라고 물었다. 평소에 등산복 차림으로 걷기운동을 해 왔는데, 오늘은 트레이닝복과 운동화 차림이 좀 이상했던 모양이었다. 일범은 '이제 사실을 말할 때가 되었다'고 생각했다.

"여보, 사실은 내가 꾸준히 달리기 연습을 해 왔는데, 이번 전국체전에 육상선수로 한 번 나가 볼 생각이야."
"예? 무어라고요? 전국체전? 육상선수? 지금 무슨 말을 하세요?"
"그래, 전국체전에 육상선수로 나가겠다구."
"당신 나이가 몇인 줄 아세요? 그러다 쓰러지면 어떡하려고요? 또 누가 선수로 받아 준대요?"
"오늘 젊은 선수들과 달리기 시합을 해 봤는데, 내가 1등을 했어. 그래서 시(市)육상연맹에서 나를 선수로 등록시켜줬어."

"그게 정말이에요?"

"그럼, 이제 내가 전국체전에 나가면, TV에도 내가 나올 거야. 응원이나
열심히 해 줘."

아내는 정말 어처구니가 없었다. 평소에도 아내의 말은 죽어라고 듣지
않고 제 멋대로 하는 남편이지만, 나이 70에 육상선수로 전국체전에 나가
겠다는 것은 도저히 상상할 수도 없는 일이었다.

도(道)대표선수 선발전이 열리기 전에 일범은 처음 만났던 육상선수들
의 코치였던 사람에게 자신의 코치도 맡아달라고 했다. 그 코치는 "어르신
에게 제가 가르칠 수 있는 건 아무것도 없습니다."라 사양했지만, 일범의
입장에서는 코치로부터 뭘 배운다는 것보다는 육상계의 정보를 듣는 목적
과 또 혹시 취재진이 붙으면 막아 줄 사람이 필요했기 때문에 코치가 필요
했다. 드디어 선수선발전이 열렸다. 일범은 100m, 200m, 400m를 지난
번에 했던 작전과 같은 방식으로 했고, 무난히 대표선수에 선발되었다. 남
은 종목인 800m, 1,500m, 5,000m, 1만 m와 마라톤인데, 이런 종목의 기
록이 전혀 없는 상태였다. 일범은 손목시계대신 초시계를 하나 차고 나왔
다. 어차피 1위를 할 자신은 있었지만 기록이 걱정되었다. 너무 빨리 달릴
수도 없고, 그렇다고 선두와 경쟁하다가 막판에 추월하는 똑 같은 작전도

재미가 없을 것 같았다. 일범은 인터넷으로 이 종목들의 세계기록을 찾아본 후, 각 종목을 뛰기 전에 시계를 세팅했다. 세계기록보다는 조금 늦게, 한국 기록보다는 조금 빠르게 달릴 생각이었다. 800m, 1,500m, 5,000m는 시간이 너무 짧아 싱거웠다. 1만 m는 30분 가까이, 마라톤은 2시간쯤 걸렸으므로 달리면서 약간의 운기조식을 할 필요가 있었다. 약 1주일 간의 대표선수 선발전은 그렇게 끝이 났다. 일범은 육상 달리기 전 종목에서 몇 명의 다른 선수들과 함께 도(道)대표로 출전할 수 있게 되었다. 대표선수 선발 전이 끝난 후에 도지사와 시장을 포함해 육상연맹에서는 엄청난 충격에 휩싸였지만, 지역신문에서는 도(道)대표로 '진일범'이라는 선수가 선발되었다는 정도의 기사가 나왔을 뿐 큰 화제는 되지 않았고, 중앙 매스컴에는 아예 보도가 없었다. 아직 전국적인 관심사는 아니었던 것이다.

일범이 달리기 종목 대표 선수가 된 후에, 도(道)육상연맹에서 연락이 왔다.

"저기 선생님, 달리기 외에 높이뛰기나 멀리뛰기도 혹시 가능하십니까?"
"아, 이거 선생님이라니 쑥스럽네요. 나는 선생님이 아니고 선수입니다. 높이뛰기나 멀리뛰기도 물론 자신이 있죠. 평생 밥 먹고 하는 일이 뛰어다니는 것이었으니까요."
"혹시 높이뛰기나 멀리뛰기 기록이 있으십니까?"

"아니요. 정식으로 경기에 참가해 본 적이 없기 때문에 기록은 없지만, 누구보다도 멀리, 높게 뛸 수는 있습니다."

"높이뛰기와 멀리뛰기 대표선수를 해 보실 생각은 없으십니까?"

"기회를 주신다면 한번 도전해 보죠."

이렇게 되어, 일범은 높이뛰기와 멀리뛰기의 대표선수 선발전에 나가게 되었다. 사실 경공(輕功)을 익힌 일범에게는 높이뛰기나 멀리뛰기가 달리기와 다를 바가 전혀 없었다. '빨리'와 '높게' 또는 '멀리'의 차이일 뿐이었다. 어차피 답설무흔(踏雪無痕), 어기충소(御氣衝溯), 축지성촌(縮地成寸: 축지법) 같은 무공을 사용하지 않는 한, 일범에게는 기(氣)의 운용은 마찬가지였다.

높이뛰기는 도움닫기를 한 후 발을 구르면서, 공중으로 뛰어올라 몸을 가로로 뉘어, 봉(Bar)을 등쪽으로 넘거나 배쪽으로 넘는 기술이 일반적이다. 그런데, 일범의 높이뛰기는 그런 방식이 아니었다. 일범은 진기를 한 모금 들이 마신 후 약간의 도움닫기를 하고는 바로 몸을 위로 솟구쳐 그냥 봉(Bar)을 훌쩍 뛰어넘어버리는 것이었다. 경기에 참가한 사람들은 경악을 금치 못했다.

"저건, 저건, 저건."

"저런 방식으로 높이 뛰는 것은 영화에서나 볼 수 있는 것이야."

"말도 안 돼."

"높이뛰기 선수 맞아?

"사람이야? 새야?"

어쨌던 일범은 최고기록을 세우고 대표선수에 뽑혔다.

멀리뛰기도 마찬가지였다. 멀리뛰기는 도움닫기한 다음에 공중에서 무릎을 올려 앞으로 전진한 후 착지하거나, 공중에서 몸을 뒤로 젖혀 전진한 후 착지하는 방식이 보통인데, 일범은 그런 방식이 아니고, 도움닫기 후에 몸을 옆으로 비틀면서 공중에서 전진한 후 착지를 했다. 결과는 일범이 다른 선수들보다 한 뼘 정도 더 멀리 뛰었다.

도(道)대표선수가 되었지만 아직 전국체전 개막까지는 시간이 좀 남아 있었다. 일범은 매일 운기조식(運氣調息)을 통한 축기(蓄氣)수련과 경공(輕功)수련, 안법(眼法)수련, 심력(心力)수련을 더욱 열심히 했다. 몸은 열심히 수련하는 만큼 변화가 생기는데, 마음은 도무지 불변인 것 같았다. 일범은 '몸이 가는 곳에 마음이 가고, 마음이 가는 곳에 몸이 가는 방법이 없을까' 즉 심신합일(心身合一)를 고민하다가 결국, 고어(古語)를 활용하여 '몸'이라는 단어를 하나 만들어 냈다. '몸 = 몸 + 마음'인 것이다. 마음수련은 끝이 없는 것이다. 일범은 금강경의 공즉 무득, 적즉무설 (空則無得, 寂則無說: 비어 있는 것은 얻을 수 없고 고요한 것은 말하지 않는 것)이라는 구절과 약능청정, 업장진소(若能淸淨, 業障盡消: 깨끗하고 맑다면 쌓인 업은 사라진다.)의 구절을 떠올렸다. 결국은 내 마음을 비워야 한다. '비워야만 채울 수 있다'는 것을 깨달았다. '비우자, 비우자, 마음을 비우자, 그러면 완벽한 에너지, 무한한 에너지가 채워진다' 다짐을 하고 또 다짐을 했다.

드디어 전국체전이 시작되었다. 화려한 개막식에 몇몇 종목의 경기가 먼저 있었지만, 일범은 육상 외에는 관심이 없었다. 육상은 대회 3일째 날 시작되었다. 100m 경주가 가장 먼저 열렸다. 세계 기록은 9초 중반이었고, 한국기록은 10초 초반이었다. 일범은 그동안 수련한 '경공(輕功: 혹은 경신술)'을 최대한 발휘해서 세계를 깜짝 놀라게 해 버릴까'라는 생각이 들었지만, 이내 고개를 흔들었다. 세계 기록은 올림픽이라는 무대가 있으니, 여기서는 한국 기록만 갱신해 두는 게 좋겠다는 생각이 들었다. 손목에 찬 초시계를 9초 90에 셋팅을 했다. 일범이 9초 90이라는 한국신기록을 세우면서 100m 경주에서 우승하자 매스컴뿐만 아니라 전국은 난리가 났다.

"일범이 누구야?"
"본명이 진일범이래."
"나이가 70이 넘었다던데."
"머리카락을 박박 민 스님이래."
"소림사에서 수도한 선승(禪僧)인가?"

68

이러한 말들은 일범이 공식 인터뷰에 응하면서 많은 의문점이 해소되었다.

"100m 경주뿐만 아니라, 육상 달리기 전종목과 높이뛰기, 멀리뛰기에도 출전한다는데 사실인가요?"

"예, 사실입니다."

"정확히 올해 연세가 어떻게 되세요?"

"한국 나이로는 일흔 하나이고 만 나이로는 일흔입니다."

"소림사에서 수련한 선승(禪僧)이라는 말까지 나오는데, 머리카락은 왜 밀었으며, 훈련은 어떻게 하셨나요?"

"머리는 예전에 뇌수술을 한 적이 있어, 항암 치료를 받은 후부터 밀었고요, 훈련은 혼자 꾸준히 했습니다."

"스승님은 안 계신가요?"

"자연이 전부 내 스승이라 생각합니다."

"몇 년 전에 캐나다 어느 호수에서 실종된 사람의 이름도 일범이라고 알고 있는데, 혹이 그 일범이신가요?

"예, 맞습니다. 그 당시에는 운 좋게 살아나왔지요."

"성(姓)이 진(眞)씨가 맞습니까? 좀 희귀한 성(姓)인데."

"예, 맞습니다. 진(眞)씨는 백제 8대 귀족 성씨 중 하나이고, 본관은 서산(瑞山) 단일 본(本)입니다."

질문은 끊임없이 이어질 기세였지만, 코치가 중단시켰다.

"일범 선생님께서는 아직 남은 경기가 많이 있습니다. 다른 경기를 준비해야 하니, 오늘은 이만합시다."

전국이 일범 이야기로 떠들썩한 가운데, 일범은 인터넷에서 자신이 출전하는 종목의 세계 기록과 한국 기록을 찾아서 목표시간을 정했다. 세계 기록보다는 조금 낮게, 한국 기록보다는 조금 높게 잡았다. 이리하여 전국체전은 육상 달리기 전 종목 한국 신기록, 높이뛰기 한국 신기록, 멀리뛰기 한국 신기록이라는 한국 역사상 전무후무한 기록이 세워졌다. 그것도 모두 한 사람에 의해 이루어진 것이었다. 화제는 거기에서 그치지 않았다. 일범의 높이뛰기 방식은 통상의 가로누워 뛰는 방식과는 전혀 달리 그냥 훌쩍 뛰어 넘어버리는 식이었고, 멀리 뛰기 방식도 몸을 공중으로 띄운 후 옆으로 비스듬히 날아가는 방식이라 운동을 하는 사람들에게는 충격이 아닐 수 없었다. 가장 화제가 된 것은 마라톤에서였다. 출발부터 줄곧 선두를 달리던 일범은 5km마다 비치되어 있는 물과 음료를 한 번도 마시지 않았다. 그런데 반환점을 돈 순간에 일범은 갑자기 달리기를 멈추고 바닥에 가부좌 자세로 앉아 버렸다. 그리고는 엄지와 검지를 붙여 고리 모양을 만든 다음 손바닥을 하늘로 향하게 하고는 눈을 감고 호흡을 고르는 것이 아닌가? 그것은 마치 무협영화에서 종종 볼 수 있는 운기조식(運氣調息)의 자세였다.

뒤따라오던 선수들이 반환점을 돌아 추월해 갔음에도 아랑곳없이 약

10분간을 그 자세로 앉아 있었다. 운기조식을 끝낸 일범은 물을 한 모금 마시고는 다시 쏜살같이 달리기 시작했다. 마치 바람이 지나가듯 빠른 속도로 달린 일범은 금세 선두권을 따라잡았다. 이 장면은 중계하던 TV 카메라에 그대로 잡혀 전국에 생중계가 되었다. 일범은 2시간 4분의 한국 신기록을 세우면서 당당히 1위로 골인하였다. 마라톤 중계를 해설하던 전문가들은 할 말이 없어져 버렸다. 그저 "이런 광경은 평생 처음 봅니다. 이건 마라톤이 아니라 무협영화를 보는 것 같습니다."라는 말만 반복하고 있었다. 모든 언론과 방송에서는 일범에 관한 이야기뿐이었다. 시청자들은 "TV만 틀면 여야가 제 잘났다고 싸우는 정치 얘기만 나와 지긋지긋했는데, 정치 얘기가 안 나와서 속 시원하다."고 하는 사람들이 많았다. 대신 모든 방송에서는 일범에 관한 얘기뿐이었다.

일범은 어디론가 자취를 감춰버렸고, 취재진들은 뭔가 새로운 내용을 찾아내기 위해 일범의 아내와 가족, 형제자매, 학교 친구들까지 찾아다녔다. 일범의 친구로 소개된 출연자는 "글쎄요. 일범이라는 아호를 쓰는 친구는 잘 아는데 그 친구가 저런 능력이 있는 줄은 몰랐습니다. 더군다나 그 친구는 성(姓)이 진(眞)씨가 아닙니다."라고 하였다. 어떤 기자는 서산(瑞山) 진(眞) 씨 문중을 찾으려고 전국을 뒤졌으나, 진(眞)씨는 문중자체가 이어져 내려오지 못한 것 같았다. 겨우 서산(瑞山) 진(眞)씨라는 노인 한 분을 만날 수 있었으나, 그도 일범에 대해서는 잘 몰랐다. 그런데 기자는 그 노인의 말 중에는 단서가 될 만한 것이 있다고 소개했다.

"우리 집안에 전해 내려오는 얘기인데, 옛날 백제시대에는 우리 서산(瑞山) 진(眞)씨가 대단히 큰 집안이었는데, 백제가 망하면서 대부분의 선조들이 일본으로 건너가셨다고 합니다. 아마 그 일범이라는 분은 일본에서 온 진(眞)씨의 후손인지도 모르겠네요."

일범은 몰려드는 기자들을 피하기 가발을 쓰고 전국을 돌아다녔다. 강원도, 충청도, 전라도, 경상도 곳곳의 풍광을 구경하면서 맛집 탐방을 했다. 아내와 함께 하지도 못하고, 친구들을 만나지도 못하는 것이 아쉬웠지만, 혼자 시간을 보내는 것도 나쁘지만은 않았다. 방송 취재진들이 찾아오는 것이 뜸해지자 일범은 집으로 돌아왔다. 아내는 반갑게 맞아주었다.

"그동안 어디 갔어요? 몸은 괜찮아요?"라는 아내의 물음에 일범은 '역시 나를 챙겨주는 사람은 아내밖에 없구나.'라는 생각이 들었다.

"취재진을 피해 좀 도망 가 있었지. 내가 없을 동안 힘들었지?"

"귀찮아 혼났어요. 난 정말 조용히 살고 싶었는데 이게 무슨 짓이에요?"

"미안해, 내가 예전에 그랬잖아. 내가 유명해지면 당신이 힘들어질 거라고."

"맞아요. 이제 좀 조용히 삽시다."

"안 될 것 같은데, 아직 할 일이 좀 남았거든."

아내는 한숨을 쉬었다.

일범은 '능력을 좀 더 키워야겠다.'는 생각을 했다. 무협지처럼 검(劍), 도(刀), 창(槍), 궁(弓)과 같은 무기를 사용하는 것이 아니기 때문에, 오로지 믿을 건 몸밖에 없는 상황에서는 내공(內攻), 안법(眼法), 심력(心力), 경공(輕功), 그리고 만일을 대비하기 위해서는 권법(拳法)이 필요하다고 생각했다. 일범은 중국무술의 양대 산맥인 소림(少林)과 무당(武當)을 한 번 가 보기로 결심을 했다. 무협지에 나오는 그런 무술이 현존하고 있다고 는 생각하지 않았지만, 소림무술과 무당파 도사들의 수련을 한번 보는 것 도 도움이 될 것 같았다. 아내에게 "함께 구경삼아 가 보자"고 얘기해 봤지 만, "저는 관심이 없으니 혼자 잘 다녀오세요."라는 핀잔 섞인 말만 들었 다. 일범은 혼자 중국 행 비행기를 탔다.

소림사(少林寺)는 중국 하남성 숭산(嵩山)에 있는 중국 조동종(曹洞宗) 의 사찰이다. 서기 495년 인도에서 온 발타선사(跋跎禪師)를 위해 창건 하였으며, 이후 서기 527년 역시 인도에서 온 달마(達磨)대사가 소림사에 서 수련한 이후 달마는 중국 선불교(禪佛敎)의 아버지로 간주되며, 소림 사는 선불교의 본거지가 되었다. 숭산(嵩山)은 중악으로도 불리는데, 해발 1,500m 정도로, 중국에서는 그리 크지 않은 산이지만, 북악 항산(恒山), 남악 형산(衡山), 서악 화산(華山), 동악 태산(泰山)과 더불어 오악(五嶽) 의 하나이다. 숭산(嵩山)의 36개 봉우리 가운데 중앙의 준극봉(峻極峰),

동쪽의 태실봉(太室峰), 서쪽의 소실봉(少室峰)이 가장 유명한데, 소림사(少林寺)는 소실봉 기슭에 자리잡고 있다. 일범은 소림사의 선종(禪宗)을 보러 온 것이 아니라, 소림 쿵후를 보러 온 것이었다. 소림 쿵후는 권법(拳法), 봉술(捧術 혹은 곤법(棍法)이 유명한데, 일범의 관심은 백보신권(百步神拳: 그 이름 그대로 백 보 밖에 있는 비석조차 가루로 만든다는 권법상의 전설적인 경지)이라고 알려진 소림권법이 실제로 존재하는지, 그냥 무협작가들이 지어낸 것인지 확인해 보고 싶어서였다. 그런데 소림사에 실제로 와 보니 무협지에 묘사된 소림사와는 전혀 딴판이어서 일범은 크게 실망했다. 선승(禪僧)을 양성하는 소림사가 아니라, 그냥 상업적인 무술학교일 뿐이었다. 소림사 근처에는 수많은 무술학교가 있었고 무기를 파는 상점도 줄지어 있었다. 심지어 길거리에서 그럴듯한 옷차림을 한 지역주민이 "비장의 소림무술을 가르쳐 주겠다"고 하는 사람도 있었다. 소림사 주위는 외국 관광객으로 시끌벅적했다. 일범은 근처 식당에서 독한 술을 몇 잔 하고는 숙소로 돌아와 버렸다. 이튿날 일범은 혹시나 해서 가져온 회색 장삼을 입고 다시 소림사로 향했다. 한국의 조계종(曹溪宗)도 '누구나 마음수련을 통해 부처가 될 수 있다.'는 선종(禪宗)의 한 갈래이므로, 소림을 좀 자세히 보려고 스님처럼 행세하는 꾀를 낸 것이었다. 일범은 직장생활을 할 때 HSK(중국어 자격시험) B급을 취득하여 중국어로 간단한 의사소통에는 별 문제가 없었는데, 그것이 큰 도움이 되었다. 안내소에서는 젊은 스님 한 분을 붙여주었다. 인사를 나눈 후, 지객당(知客堂)으로 가서 차를 한잔 나누었다.

녹차의 한 종류인데, 일범은 차(茶)에 대한 지식이 없어 좀 미안한 생각이 들었다. 분위기를 전환할 필요가 있을 것 같아, 일범이 먼저 "소림에 관광객이 참 많이 오는군요."라며 말을 걸었다. 안내스님은 "예, '소림사'라는 영화가 인기를 끈 이후부터 외국 관광객이 많이 옵니다. 관광객이 많으니 사찰의 재정에는 도움이 되지만, 수행에 방해가 되는 경우도 많습니다."라고 대답했다. 일범은 '이 스님과는 얘기가 좀 통하겠다.'는 생각이 들었다. 전각을 하나둘씩 둘러보는 중 장경각(藏經閣) 앞에 이르렀다. 일범은 장경각 내에 무공서적이 있는지 궁금해졌다.

"예전에 장경각이 불탄 적이 있다고 들었는데, 어떤 연유가 있었는지요?"

"예, 원나라에 대항하다가 완전히 소실된 적이 있답니다."

"그러면 장경각에 보관했던 경전들은 어떻게 됐습니까?"

"다 타버렸다고 합디다."

"저런, 저런, 어떤 경전들이 있었습니까?"

"대부분 불경이었죠. 일부 신체를 단련하는 책자도 있었다고 들었습니다."

"소림이라고 하면, 역근경(易筋經) 같은 심법(心法)뿐만 아니라 권법, 장법, 지법, 진법, 봉술 등 전 분야에 최고의 절기를 보유한 것으로 알고 있는데, 그런 귀한 자료들도 다 없어진 것입니까?" 안내 스님은 일범을 한참 쳐다보더니,

"하하, 스님께서는 불경보나 무술에 더 관심이 많은 것 같군요."라고 말했

· 다. 일범은 속마음을 들킨 것 같아 좀 뜨끔했지만 단도직입적으로 말했다.

"사실은 제가 백보신권(百步神拳)의 기(氣)운용에 관심이 좀 있는데, 견식할 수 있는 기회가 없을 것 같아 좀 아쉽습니다."라고 말했다. 안내 스님은 곧바로,

"백보신권(百步神拳)이든 나한권(羅漢拳)이든 권법의 이름이 뭐 중요하겠습니까? 모든 것은 마음이 짓는 것이며, 본인 하기에 달린 것 아니겠습니까?"라고 말했다. 일범은 뭔가 느낀 바가 있어 '더 이상 권법(拳法) 얘기를 하지 않는 게 좋겠다'는 생각이 들었다.

"오늘 참 많은 가르침을 받았습니다. 성불(成佛)하십시오."라 인사를 하고는 소림사를 나섰다.

소림을 나선 일범은 태실봉(太室峰)쪽으로 방향을 잡았다. 태실봉을 오르면서 안내 스님의 말을 곰곰이 생각했다. "拳法的名字有什么重要的 一切由心來建造: 권법의 이름이 뭐가 중요하냐? 모든 것은 마음이 짓는다)"

'그래, 그 스님의 말이 옳다. 백보신권(百步神拳)에 얽매인 내가 잘못이다. 한 주먹을 내지르더라도 마음을 다해 기(氣)를 운용하면 될 것이다.' 태실봉(太室峰) 정상에 오른 일범은 속이 뻥 뚫리는 것 같은 상쾌함을 느꼈다.

소림에서의 경험으로 한결 마음이 가벼워진 일범은 무당산(武當山)으

76

로 가기로 했다. 소림사(少林寺)가 있는 하남성과 무당산이 있는 호북성은 바로 인접해 있기 때문에, 일범은 중국인들의 삶을 관찰하는 의미도 있고 해서 버스를 타고 가기로 했다. 중국의 도로는 생각보다 잘 되어 있었다. 무당산(武當山)은 숭산(嵩山)보다 약간 높은 해발 약 1600 미터 정도가 되는데, 하늘에서 보면 거북이가 엎드린 모양이라고 했다. 무당파(武當派)는 원래 소림 출신인 장삼봉(張三峰)이란 사람이 세운 문파로 도가(道家)사상에 기반한다. 태극권(太極拳)으로 잘 알려진 무당파의 무공은 소림사 무술에 비해 부드러우며 검법(劍法)이 강하다. 일범은 검법에는 아예 관심이 없었고, 권법(拳法)도 이번에 소림에서 깨우친 바가 있기 때문에, 무당파에서는 제운종(梯雲縱)이라는 '무당파 특유의 경공술을 구경했으면 하는 바람'이 있었다. 제운종(梯雲縱)은 말 그대로 구름을 사다리 삼아 딛고 오르듯 진기를 조절하여 공중에 오르는 기술을 뜻한다.

무당산은 72개의 봉우리와 26개의 바위산으로 둘러싸여 있는데, 주봉(主峯)은 천주봉(天柱峰)이다. 무당산(武當山)에 도착한 일범은 이곳에서도 소림과 마찬가지로 무술 마케팅을 하고 있다는 인상을 강하게 받았다. 무당산에 있는 무술학교들은 대부분 소림이 무술장사를 해서 돈을 잘 번다고 하니, 소림을 따라 하는 것 같았다. 일범은 어둑어둑 해질 때쯤 무당산에 도착했기 때문에 천주봉에 있는 금전(金殿)에는 '다음날 올라갈까?'라는 생각이 들었다. 그런데 알고 보니 금전(金殿)까지 올라가는 케이블

카가 있었다. 일범은 웃음이 나왔다. 무당산에 케이블카라니 '이건 너무 관광수입에 집착한 호북성의 실책아닌가?' 라는 생각이 들었다. 무당산 정상에 있는 금전(金殿)까지 걸어서 올라 가려면, '신(神)의 길'이라 이름 붙여진 600년이 넘은 돌계단들을 밟고 올라가야 한다. 일범은 날이 약간 어두웠지만 돌계단으로 걸어서 올라가 보기로 했다. 가파른 계단을 오르며 좌우를 둘러보니 봉우리마다 모두 도교사원으로 빼곡했다. 계단은 너무 경사가 급하여 한 계단씩 오르는 데도 쉽지는 않았다. 그런데 갑자기 누군가가 옆으로 휘익 지나가는 것 같아 쳐다보니 도사차림의 중년인이 그 가파른 계단을 한 발자국에 세 계단씩 오르고 있는 게 아닌가? 일범은 '그 사람을 따라가 봐야겠다.'는 생각으로 최대한 빨리 계단을 오르려고 했으나, 따라잡을 수가 없었다. 한 발자국에 세 계단씩은 무리였고, 두 계단씩을 뛰어 봤으나, 100계단도 채 오르기 전에 숨이 찼다. 그 중년도사는 어느새 보이지 않았다. 잠깐 호흡은 고른 일범은 부지런히 정상으로 올라갔지만, 그 사람을 다시 볼 수는 없었다. 거의 날아 가는 것 같이 가파른 계단을 세 계단씩 오르던 그 사람의 모습이 눈에 아른거렸다. 금전(金殿)은 구리로 만든 궁전이었다. 황혼의 노을빛에 비춰지니 더욱 찬란해 보였다. 신선의 정원에 있는 느낌이었다. '그 옛날 장삼봉(張三峰)이 여기에 있었겠지? 장삼봉(張三峰)은 신선이었는가? 도사였는가?' 생각과는 별도로 일범의 시선은 그 중년인이 어디에 있는지 찾으려고 구석구석을 두리번거렸다. '아까 봤던 그 중년인도 신선인가? 도사인가?' 그 어디에도 그 중년인을 발견하지 못한 일범은 복잡한 심정으로 천천히 내려오기 시작했다. 오르막으로 달려 올라갔다가 천천히 걸어 내려오는 것이 조금은 허탈했다. 숙소로 돌아온 일범은 마음이 뒤숭숭하여 근처의 허름한 식당으로 가서 독한 술을 한 잔 들이켜고 와서 잠을 청했으나, 다음날 새벽 일찍 잠이 깨고 말았다. 무당산에서 그리 멀지 않은 곳에 제갈량(諸葛亮)이 살았던 마을도 있고, 동정호(洞庭湖)도 있었지만, 일범은 '어제 해 질 무렵의 금전(金殿)을 보았으니, 오늘은 동틀 무렵의 금전(金殿)을 다시 한번 보자.' 라는 생각을 했다. 금전(金殿)에서 해 뜨는 광경을 보기 위해서 깜깜한 돌계단을 부지런히 올라갔다. 너무 일찍 도착해버려서 해가 뜨려면 한참을 기다려야 했는데, 올라온 돌계단을 물끄러미 쳐다보다가 일범은 깜짝 놀라고 말았다. 어제 보았던 그 중년 도사가 나는 듯이 돌계단을 올라오고 있었다. 중년 도사가 가까이 오자, 일범은 얼른 말을 걸었다.

"你好, 好久不見.(안녕하세요. 오랜만입니다.)" 중년도사는 일범이 갑자기 말을 걸어오자 다소 놀란 듯한 표정을 지었다.

"怎么叫說好久不見呢, 我没見过你啊.(오랜만이라니요, 저는 만난 적이 없는데요.)"

"昨晩見面, 現在不是又見面了嘛. 对我來說, 昨晩就像3年一样.(어제 밤에 만나고 지금 또 만났잖아요, 나에게는 지난 밤이 3년 같았어요.)"

일범이 중년도사에게 어제 저녁에 그를 본 일부터 오늘 아침에 다시 만나게 된 사연을 설명하자 그제야 중년도사는 웃음을 지었다.

"原來如此.(그랬군요.)"

일범이 "어떻게 경사가 급한 계단을 그렇게 빨리 달릴 수 있느냐?"고 묻자. 중년 도사는 "관광객이 뜸한 새벽 시간과 저녁시간을 이용해 수련을 하고 있다"고 대답했다. 일범은 "혹시 무당의 그 유명한 제운종(梯雲縱)이 아니냐?"고 묻자, 중년도사는 웃으며 "제운종(梯雲縱)은 하늘을 걷는 것인데, 그건 전설상의 무공일 뿐, 현실에는 없는 것이며, 자신은 그냥 계단을 빨리 오르는 것뿐"이라고 했다. 그리고 "계단 오르기는 신체를 단련하는 데 참 좋은 방법"이라고 덧붙였다. 일범은 그에게 감사를 표하고 "나도 틈나는 대로 열심히 계단 오르기를 해야겠습니다."라 말했다. 중년도사와 헤어진 일범은 큰 여운이 밀려왔다. 그는 '제운종(梯雲縱)이 아니라'고 했지만 일범이 보기에는 그가 계단을 딛지도 않고 하늘을 날아오르는 것처럼 보였기 때문이었다.

일범은 소림의 백보신권(百步神拳)과 무당의 제운종(梯雲縱)을 직접 배우지는 못했으나, '혼자 연습할 수 있는 충분한 실마리를 얻었다는 점에서 큰 수확이 있었다'고 생각했다. 백보신권(百步神拳)은 '주먹을 내뻗을 때 주먹에 기(氣)를 최대한 싣는다'는 것이고, 제운종(梯雲縱)은 '높은 곳을 빨리 달리는 수련만으로도 어느 정도 흉내를 낼 수 있을 것'이라는 생각을 한 것이었다.

제7장

신神이 되는 길

집으로 돌아온 일범은 모든 생활이 심신을 단련하는 데 초점이 맞추어져 있었다. 아침 일찍 일어나 천부경(天符經)을 암송하고, 1시간 정도의 운기행공(運氣行功)을 한 다음, 앞산을 달려 올라가는 훈련을 했다. 무당산에서 만난 중년도사의 영향을 받아 경사진 높은 곳은 무조건 달리는 습관을 만들려고 했다. 평지를 달리는 수준은 이미 초상비(草上飛)의 경지에 이르렀지만, 높은 곳을 빨리 달리는 훈련은 '하늘을 유유자적 누빈다.'는 능공허도(凌空虛道: 아무것도 없는 허공을 걷거나 달리는 기술, 비슷한 말로 허공답보(虛空踏步)가 있음)의 경지에 오르기 위한 기초 훈련이었다. 계단을 마치 나는 새처럼 올라가던 무당산의 그 중년도사 수준보다 조금만 더 빨라지면 허공을 밟고 달릴 수 있을 것 같았다. 산에서 내려오면 간단하게 아침 식사를 하고는 대개 아내와 함께 파크 골프를 치러 나갔다. 파크 골프를 치면서는 계속 심력(心力)과 기(氣)의 운용으로 허공섭물(虛空攝物)의 기술을 연마했다. 움직이는 물체의 방향을 바꾸는 수련뿐만 아니라, 정지해 있는 물체를 기(氣)로 끌어당기는 수련을 병행하였다. 골프 볼(Ball)보다 훨씬 큰 파크 골프 볼(Ball)도 어느 정도는 방향 컨트롤이 가능해졌다. 심력

(心力)과 허공섭물(虛空攝物) 수련의 최종 목적은 상단전(上丹田)을 열어 신명(神明)단계로 나아가는 데에 있었다. 파크 골프를 끝내고 집으로 돌아오면 저녁에는 권법(拳法)을 연마했다. 정권(正拳)단련이 안 된 상태이기 때문에 항상 장갑을 끼고 권법(拳法)을 연마했는데, 흔히 태권도 사범들이 격파 시범을 보이듯이 나무나 벽돌, 기왓장 같은 것은 쉽게 격파가 되었다. 그러나, 일범이 익히는 권법(拳法)은 격파에 초점을 맞춘 게 아니라, 주먹을 내지를 때 기운의 전달로 목표물에게 타격을 주는 기술이었다. 초기 단계에서는 1m 앞에 올려 놓은 사과를 부수는 정도라면 결국은 소림의 백보신권(百步神拳)처럼 백보(百步) 밖에 있는 사람을 쓰러뜨릴 수도 있는 것이었다. 잠자기 전에는 다시 운기행공(運氣行功)을 하여 단전(丹田)에 기(氣)를 축적하였다. 일범의 이러한 생활은 매일 반복되었다. 가족 또는 아내와 함께 어디에 여행을 가도 생활 패턴은 큰 변화가 없었다. 100대 명산을 아직 다 정복하지 못했으므로 틈만 나면 전국의 산을 다녔다. 특이한 점은 산을 오를 때 무당(武當)에서의 경험을 살려, 걷는 것이 아니라 뛰는 것이었으므로 등산객에게는 신기한 광경을 연출하는 경우도 많았다. 한번은 설악산 대청봉 코스를 달려서 올라가는 모습을 동영상으로 촬영한 사람이 방송국에 '설악산에 다람쥐처럼 날아다니는 사람이 있다'고 제보를 한 적이 있었다. 뿐만 아니라 계룡산, 월악산, 모악산 등지에서도 비슷한 제보가 이어져서 방송국에서는 '날다람쥐'를 취재하려고 했으나, 일범은 매주 다른 산으로 갔기 때문에 취재진에게는 잡히지는 않았다.

그렇게 수련한 지 3년이 되었고, 이제 일범은 74세의 일류 고수가 되어 있었다. 내공(內攻)은 항상 충만해 있고, 안법(眼法)은 물체의 내면뿐만 아니라 사람의 속마음까지 꿰뚫어 볼 수 있게 되어, 천안(天眼)과 신안(神眼)이라 할 만했고, 심력(心力)은 신명(神明)단계 초입에 들어서서 가까운 미래를 예측하고, 마음으로 물체를 어느정도 움직이는 수준이 되었다. 경공(輕功)은 더욱 발전하여, 기(氣)를 다루어 하늘로 솟구치는 수준의 어기충소(御氣衝溯)의 수준에 와 있으며, '하늘을 유유자적 누빈다.'는 전설적인 수준의 경신법인 능공허도(凌空虛道)를 흉내내는 수준에 올랐다. 이형환위(移形換位)란 '완전한 순간이동은 아니고 순간적으로 몸을 날려 원래 위치에 잔상은 남더라도 중간과정은 보이지 않을 정도로 빠르게 움직이는 수법'을 말하는데, 일범은 이형환위(移形換位)의 수법도 발휘할 정도가 되었다. 권법(拳法)은 직접 가격을 하지 않아도 오직 기운(氣運)만으로 상대를 제압할 수가 있게 되었다. 이 해는 세계 올림픽이 열리는 해였다. 대한체육회는 각 종목별로 국가 대표 선발전이 거의 끝났다. 축구, 배구, 탁구, 골프 등 구기종목에서도 올림픽 출전권을 따내어 한국은 역대 최대의 메달 획득을 목표로 구슬땀을 흘리며 훈련을 하고 있었다. 일범은 지난 몇 년간 수련에 전념하느라 전국체전에 참가하지 않았고 올림픽 국가 대표 선발전에도 출전하지 않았지만, 몇 년 전 일범이 세운 한국신기록들은 여전히 깨지지 않고 있었다. 어느 날 대한체육회 사무총장이 일범을 찾아와 "어르신, 아직 예전처럼 운동을 하고 계십니까?"라고 물었다. 일범은

'드디어 나의 때가 되었다.' 생각하고, "그때보다 몸이 훨씬 좋아졌지요."라 대답했다. 사무총장은 "이번 올림픽에 어르신께서 출전해 주실 수 있는지 알아보고 싶어 찾아왔습니다."라 말했다. 일범은 "육상 종목뿐만 아니라, 모든 종목에 나를 후보선수 명단에 넣어 줄 수 있겠습니까? 경기 일정이 중복되지 않는 한 어떤 종목이든 내가 도울 수 있을 거요."라고 말했다. 사무총장은 일범의 말을 이해할 수가 없었다.

"모든 종목이라는 말씀이 무슨 뜻입니까?"

"모든 종목은 아니고, 많은 종목이라고 하는 게 옳겠지요. 내가 잘 할 수 있는 종목은 예를 들면, 육상 전 종목뿐만 아니라, 축구, 배구, 농구, 핸드볼, 골프, 태권도, 권투, 유도, 레슬링, 역도, 양궁, 사격 등입니다."

"어르신이 이 모든 종목을 다 하시겠다고요?"

"한국의 메달 획득에 도움이 될 것입니다."

"어르신, 이것은 제가 결정할 수 있는 사안이 아닙니다. 제가 돌아가서 관계자들과 의논을 해 보겠습니다. 어르신의 뜻을 전하고 조만간 다시 한 번 찾아 뵙겠습니다."

사무총장은 그렇게 돌아가더니 며칠 후에 다시 와서는 "함께 서울로 가자"고 했다. 일범은 그의 차를 타고 대한체육회로 갔다. 거기에는 여러 사람들이 모여 있었는데, 사무총장이 참석자의 면면을 소개했다. 문화체육

관광부장관을 비롯해 대한체육회장, 선수촌장, 올림픽준비위원회 위원들과 많은 분야의 감독들이 모두 모여 있었다. 일범은 안법(眼法)과 심력(心力)으로 좌중의 모든 사람들의 마음을 다 읽고 난 후,

"이렇게 많은 분들이 한국스포츠를 지원해 주시니, 이번 올림픽에서는 좋은 결과가 있을 것 같습니다. 여러분들께서 나에 대해 많은 궁금한 점이 있겠지만, 몇 년 전 육상분야에서 한국기록을 몇 개 수립한 후, 나는 많은 진전이 있었습니다. 이제는 어떤 종목이든 자신이 생겼습니다. 육상은 이미 증명이 되었지만 나이가 더 들어서 옛 기량이 그대로인지 의심하는 분도 있겠지요. 그리고 다른 종목들은 솔직히 믿음이 잘 가지 않겠지요. 잠시 바깥 넓은 곳으로 나가서 내가 몇 가지 기술을 보여드릴 테니 보고 난 후 각 종목에 어떻게 기여하겠는지 판단해 주세요." 이렇게 말하고는 성큼성큼 밖으로 걸어 나갔다. 장관을 비롯한 참석자들은 제멋대로인 일범의 행동이 마음에 들지 않았지만, 어쩔 수 없이 따라 나올 수밖에 없었다. 건물 밖으로 나오니, 무게가 1톤은 넘어 보이는 석조 해태상이 있었는데, 일범은 해태상을 번쩍 들었다가 제자리에 놓았다. 그리고는 넓은 자리로 나오자 갑자기 몸을 공중으로 10m 이상 치솟았다가 사뿐히 바닥에 내려섰다. 광장 옆에는 모과나무 한 그루가 보였는데, 일범이 손을 뻗자 나무에 달려있던 모과 한 개가 일범의 손으로 날아왔다. 일범은 그 모과를 쥐고는 "저기 태극기가 게양되어 있군요. 저 태극기의 국기봉을 맞춰 보겠습니다." 하고는 휙 던졌다. 모과는 국기봉 방향으로 직선으로 날아가 정확히

국기봉을 명중시켰다. 모여 있던 많은 사람들은 순식간에 벌어진 상황을 보고도 믿을 수가 없었다. 그저 놀란 눈으로 벌어진 입을 다물 수가 없었다. 한참 만에 대한체육회장이 입을 열었다. "선생님은 누구십니까?" 일범은 좌중을 향해 천천히 대답했다. "나는 일범(一凡)이고, 이번 올림픽에서 많은 종목에 국가대표로 출전하고 싶어하는 사람입니다." 그 중에 한 사람이 엎드리며 말했다. "선생님은 인간의 한계를 벗어나 신(神)의 경지에 오르신 분입니다."

일범은 올림픽 남자부 전 종목의 대표선수가 되었다. 일범이 '자신 있다'고 말한 종목 외에도 장관과 체육회장의 강력한 주장에 의해서, 모든 종목에 선수로 등록을 한 것이다. '일범이 포함됨으로 인해 누군가 한 명의 선수가 대표선수에 선발되지 못하는 피해를 보게 된다.'는 항의가 있었지만, 행정은 일사천리로 진행되었다. 그리고 일범은 개인전이 아닌 구기 종목에 대해서는 선수들과의 만남이 이루어졌다. 젊은 선수들은 머리카락을 밀어버린 나이 많은 스님과 같은 사람이 동료 선수로 출전한다는 것이 믿어지지가 않았지만 일범에 대한 소문을 들은 적이 있어서 그냥 신기한 듯 쳐다보고만 있었다. 일범은 젊은 선수들에게 당부를 했다. "경기는 여러분들이 하는 것입니다. 나는 후보선수 중 한 명입니다. 경기를 이기고 있을 때는 내가 나설 필요가 없겠지만, 만일 위기이다 싶으면 감독에게 '나를 투입해 달라'고 얘기할 것입니다. 내가 경기에 참여하면, 내가 말하는 대로 여러분은 따라 주기만 하면 됩니다. 나는 특이한 기술을 좀 할 줄 압니다. 무조건 이기게 해 줄 테니 내 말을 믿어 주세요."

모든 준비는 끝났고 올림픽은 개막이 되었다. 일범은 선수단이 입장을 할 때에도 선수들과 함께 있지 않고 대한체육회 회장과 함께 귀빈석에서 입장식을 지켜봤다. 그러면서 마음 속으로 다짐했다. '세계사에 전무후무한 일을 일으킬 것이다. 신위(神位)가 무엇인지를 확실히 보여 주리라.' 개막식을 보면서 일범은 '과연 기록을 얼마만큼 단축하느냐?'를 생각했다. 100m 경주라면 5초에도 완주할 수 있지만, 5초의 기록을 세워버리면 처음부터 난리가 날 것이니, '모든 기록은 조금씩만 단축해야겠다.'는 생각을 굳혔다. 그렇게 역사는 시작되었다.

100m 경주의 올림픽 기록은 9초 58이었는데, 일범은 9초 50이라는 기록으로 금메달을 땄다. 전 세계의 뉴스에서는 '세계 기록이 갱신되었다.'며 대서특필되었지만, 더 화제가 된 것은 이 대기록을 세운 선수가 74세의 노인이라는 것이었다. 기자들의 인터뷰가 쇄도했지만 일범은 특별한 말을 하지 않고, "아직 할 일이 많이 남아 있다."라고만 했다. '할 일이 많이 남아 있다.'는 말은 대단히 함축적인 의미였으나, 언론들은 그것이 무엇을 의미하는지 처음에는 몰랐다. 200m 경주에서 일범이 19초 00이라는 세계 신기록으로 우승하자, 100m를 우승한 선수니까 200m도 우승할 수 있

다고 보도되었다. 그러나, 400m에서 42초 95로 신기록을 세우고, 800m 에서 1분 40초로 신기록을 세우고, 1,500m에서 3분 20초로 신기록을 세우니, '인간탄환'이라는 별명과 함께 일범이 말한 의미를 알아차렸다. 그리고 남은 1,500m, 5,000m, 1만 m 경주에서 어떤 기록이 나올지가 초미의 관심사가 되었다. 일범은 1,500m를 3분 23초, 5,000m를 12분 34초, 1만 m를 26분8초에 주파함으로써 모두 세계기록을 갱신해 버렸다. 높이뛰기 에서는 3m로 세계 기록을 세웠고, 멀리뛰기에서는 9m로 세계기록을 세웠다. 미국, 영국 등 서방언론에서는 '인간탄환'이라는 말 대신 '인간의 경지를 넘어선 신(神)의 경지'라 했고, 중국에서는 '소림사(小林寺)에서 수행한 적이 있다'고 보도했다. 그리고, 일범이 '육상뿐만 아니라 다른 종목에도 선수로 등록되어 있다'고 보도하기 시작했다. 전 세계인의 관심은 '신(神)과 같은 사람이 어떤 모습을 더 보여 줄지'를 손꼽아 기다렸다.

남자 양궁은 90m, 70m, 50m, 30m가 있으며, 각 거리마다 36발씩을 쏘아 64강을 가리고, 64강부터는 토너먼트방식으로 경기를 치르는데, 일범은 예선전에서 64발 모두를 10점에 명중시켜, 만점인 1440점을 기록하여 신궁(神弓)이 되어 버렸다. 토너먼트 경기에서도 한 발도 빗나가지 않고 모두 만점을 기록했다. 허공섭물(虛空攝物)을 사용하는 일범에게는 어렵지 않은 기록이지만 일반 양궁선수의 입장에서는 신(神)의 경지라 하지 않을 수 없었다.

격투기는 더욱 놀라운 경기였다. 권투경기를 하기 위해 복장을 갖추고 링에 오른 노인은 좀 우스운 모습이었지만, 1회전 시작을 알리는 종이 울리자 마자 일범은 오른손을 쭉 뻗었고, 상대 선수는 가격을 당하지도 않았는데 그대로 바닥에 다운이 되어 일어나지 못했다. 경기 시작 1초만에 KO승을 거둔 것이다. 일범과 겨룬 모든 권투선수들은 전부 1회 1초에 KO패를 당했다. 태권도 경기에서는 일범은 시작하자마자 공중으로 붕 날아 상대선수의 얼굴을 발로 차 버리는 기술을 구사하여 상대선수가 일어나지 못하게 했고, 유도나 레슬링 경기에서는 시작하자마자 상대선수를 던져 버려서 상대가 항복하게 했다.

일범은 체중이 67kg이었기 때문에 역도에서는 67kg 급에 출전했는데, 종전기록은 인상이 154kg, 용상이 183 kg, 합계 333kg이었다. 일범은 인상 200kg, 용상도 200kg, 합계 400kg을 들어 올렸다.

역도 경기를 하는 중간에 축구감독으로부터 연락이 왔다. 지금 8강 경기를 치르고 있는데 1:0으로 지고 있으며, 전력상 역전하기는 힘든 상황이라 했다. 일범이 축구장에 도착했을 때는 시간은 15분밖에 남지 않았는데, 그 사이에 한 골을 더 먹어서 2:0으로 지고 있었다. 일범은 즉시 교체선수로 투입이 되었다. 마침 한국이 코너 킥을 할 순간이었다. 일범은 코너 킥을 할 선수에게 다가가서 "문전으로 무조긴 높게 띄워 달라, 높으면 높을수록 좋다. 너가 찰 수 있는 최대한의 높이로 볼을 띄워라"고 했다. 킥한 공은 5m 높이 정도로 띄워졌다. 일범은 어기충소(御氣衝溯)의 수법으로 공중으로 6m 정도를 뛰어올라, 발로 정확히 슛을 때렸다. 볼은 골대 모서리로 날아가 골망을 흔들었다. 상대팀의 한 차례 공격이 끝나자, 일범은 골키퍼와 수비수에게 다가 갔다. "골키퍼는 수비수에게 차 주고 수비수는 나에게 패스해라, 그 다음은 내가 알아서 처리하겠다."라고 말했다. 일범이 말한 대로 골키퍼는 오른쪽 수비선수에게 볼을 던져 주었고, 수비선수는 일범에게 패스해 주었다. 볼을 잡은 일범은 볼을 가랑이 사이에 끼우고 이형환위(移形換位)의 수법을 펼쳤다. 일범은 볼을 가랑이 사이에 끼운 채로 순식간에 상대편 골대 앞으로 이동했다. 그리고는 쉽게 골인을 시켜 버렸다. 상대 선수들은 일범이 움직이는 모습을 보지를 못했다. 스코어는 순식간에 2:2가 되었다. 얼마 남지 않은 시간동안 일범은 지켜보기만 하다가 남은 시간이 1분 정도 일 때, 일범은 이번에는 공격선수에게 말했다. "좀 전에 했던 코너 킥과 비슷하게 문전으로 볼을 높이 띄워라.". 띄워진 볼은 공중으로 솟아오른 일범에 의해 여지없이 골인이 되었다. 3:2로 역전한 한국팀은 4강전으로 올라갔다.

축구 8강전이 끝났을 때 이번에는 16강전을 치르는 농구감독에게서 연락이 왔다. 일범이 농구 경기장에 도착했을 때는 점수가 많이 벌어져 있었다. 감독은 작전타임을 불러 선수들을 모았다. "자, 지금 어르신을 교체 투입한다. 어르신이 시키는 대로 해라." 일범은 선수들에게 작전지시를 내렸다. "작전은 한 가지뿐이다. 누구든 볼을 잡으면 무조건 상대방 골대를 향해 볼을 던져라. 위치가 어디이든지 상관없다. 상대방의 블로킹에 걸리지 않도록 높게 던지는 것이 중요하다. 볼이 상대진영으로 높이 날아가기만 하면 나머지는 내가 알아서 하겠다." 작전타임이 끝나고, 바로 우리 선수 한 명은 우리 쪽 골대에서 상대편 공대 쪽으로 힘껏 볼을 던졌다. 누구에게 패스하는 것도 아니고 그냥 던지기만 했다. 기적은 그 순간부터 일어나기 시작했다. 교체되어 들어간 일범은 심력(心力)으로 허공섭물(虛空攝物)의 수법을 구사했다. 볼은 일범이 컨트롤하는 대로 바로 링 속으로 빠져 들어갔다. 물론 3점짜리 숏이었다. 그 후의 경기는 일방적이었다. 우리 선수들은 누구라도 볼을 잡기만 하면 상대진영으로 볼을 던졌고 볼은 어김없이 3점숏이 되었다. 쉽게 역전승했다. 일범이 역도와 축구, 농구에 신경 쓰는 사이에 배구감독도 일범에게 연락을 하려고 했으나, 일범에게 연락이 되지 않았다. 아쉽게도 배구는 16강 전에서 탈락하고 말았다. 시간이 맞았더라면 배구장에서도 일범의 어기충소(御氣衝溯) 수법을 볼 수 있었을 텐데 아쉬운 순간이었다. 축구는 4강전부터 농구는 8강전부터 결승전까지 가는데 몇 게임을 더 치러야 했지만, 일범이 가세한 한국은 무적이 되었다. 어느 팀도 일범의 종횡무진을 막지 못했다. 축구와 농구의 금메달도 당연히 한국에게 돌아갔다.

마라톤은 올림픽의 피날레를 장식하는 경기이다. 당연히 일범이 출전했으며, 세계 언론은 일범의 기록이 어떻게 나올지 초 집중하고 있었다. 종전 기록은 2시간 35초였다. 일범은 '1시간 정도로 주파해 버릴까?'라는 생각을 잠시 했다. 그러나 너무 많이 단축해 버리면 향후 마라톤이라는 종목이 시시해질 것 같은 생각이 들었다. '그래, 향후 다른 사람들의 도전을 위해서 조금만 줄이자'라 생각한 일범은 선두그룹과 보조를 맞추어 천천히 뛰었다. 답설무흔(踏雪無痕)의 수법을 사용할 필요도 없었다. 초상비(草上飛)의 수준으로 일정한 속도로 달렸다. 5km마다 비치된 음료를 마시지도 않았고, 몇 년 전 전국체전 때처럼 반환점에서 운기행공(運氣行功)도 하지 않았다. 선두와 보조를 맞추어 뛰다가 결승점 1km 정도 남았을 때, 약간 속도를 내어 1시간 58분에 결승점을 통과했다. 종전 기록은 2시간 35초였다.

올림픽 폐막식은 뉴스가 되지 못했다. 세계의 모든 언론은 신(神)의 등장에만 초점을 맞췄다. 인터뷰하려는 기자들로 인해 일범은 이동이 불가능했다. 첫 질문은 "Are you GOD?(당신은 신(神)입니까?)"였다. 일범의 대답은 "No, I'm ilbum, it means an ordinary man.(아뇨, 나는 일범이라고 하며, 그 의미는 한 평범한 사람이라는 뜻입니다.)"이었다. 두번째 질문은 "Are you the mystery man returned from Lake Louise 10 years ago?(10년전 루이스 호수에서 살아 돌아온 그 미스터리의 당사자입니까?)"였고, 일범은 "Yes, I am.(예, 맞습니다.)"라고 했다.

"How did you train yourself?(어떤 훈련을 했습니까?)"라고 물었을 때는
"Mental and physical training by myself.(심신을 혼자 단련해지요.)"가 대
답의 전부였다.

올림픽이 끝난 후부터 세상은 완전히 달라졌다. 국내외를 불문하고 일
범을 '재림한 하나님'이라고 하는 믿는 사람들이 많아졌다. "재림하신 하
나님께서는 분명히 인류를 구원하기 위한 별도의 방책이 준비되어 있으
실 것이다."라고 설교하는 목사들이 늘어났다. 소림사에서는 "권투 경기에
서 일범이 보인 일권(一拳)은 소림사의 백보신권(百步神拳)이 분명하므로
일범은 소림의 선승(禪僧)이다."라 주장했고, 일본에서는 "진(眞)씨는 한
국에 없다. 그는 일본인이다."라 주장했다. 한국에는 범교(凡敎)라는 종교
단체가 생겨났다. 남녀노소를 불문하고 엄청난 인원이 모여 들어 '반드시
일범이 자신들을 구원해 줄 것'이라고 믿었다. 그들은 토요일 마다 집회를
가졌다. 기독교 신자 중에도, 불교 신자 중에도 범교(凡敎)로 소속을 옮기
는 사람들이 매주 늘어났다. 더욱 가관인 것은 한국의 정치권에서 여야가
서로 일범을 영입하겠다고 나선 것이었다. 정부에서는 일범에게 국민훈
장 무궁화장을 수여하기로 했다. 방송국 기자들이 끊임없이 몰려들었지만
일범은 모든 취재를 거부했다. 그러자 기자들은 일범의 가족과 친구들에
게 몰려 들었다. 일범의 유년기 시절부터, 초등학교, 중학교, 고등학교, 대

학교, 군대시절, 직장생활 등 일범과 관계 있는 많은 사람들이 매일 TV에 나왔다. 일범의 전 생애가 완전히 밝혀졌지만, 일범이 어디서 그런 능력을 얻었는지는 아무도 몰랐다. 뉴욕타임스(New York Times)에는 표지 모델로 일범의 사진을 싣고, 'An ordinary man, a mystery man and GOD: (평범한 사람, 미스터리한 사람, 그리고 신(神))'이라는 특집기사를 실었다. 기사에는 '그는 과연 신(神)인가?'라는 주제로 세계적인 지식인, 종교인, 정치인들의 대담도 포함되었다. 한국의 한 방송사에서는 올림픽에서 활약하는 일범의 영상과 무협영화에 등장하는 장면을 교묘히 편집을 하여, '일범의 기술은 무협영화에서 배운 것'이라는 주장을 했다. 이 때문에 갑자기 무협영화 붐이 일고, 무도관에 회원가입이 폭증하는 현상이 벌어졌다.

제8장

악연
惡
緣

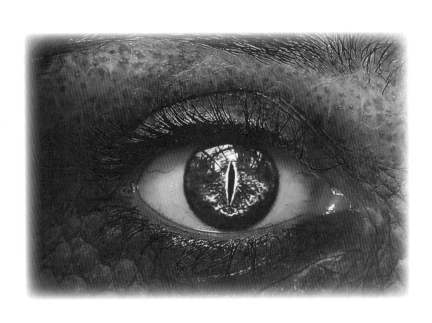

일범은 자신을 신(神)으로 대하는 지금의 상황이 너무 부담스러워서 아내에게 말했다. "여보, 우리 미국에 가서 그동안 못 쳤던 골프나 실컷 치고 올까?" 미국 샌프란시스코 베이(Bay)지역에는 딸과 사위가 거주하고 있었다. 평소에는 "네가 애기를 낳으면 갈게."라고 했지만, 지금은 상황이 달라져서 딸의 집에서 신세를 좀 질 수밖에 없었다. 일범이 미국에서 골프를 실컷 치겠다는 생각을 한 것은 미국으로 피신하는 목적 외에 더 큰 이유가 있었다. 지난 올림픽에서 골프와 사격에 출전하지 못한 것이 아쉬웠기 때문이었다. 사격은 대표선수로 등록되어 있었지만 경기 일정이 맞지 않아 출전하지 못했고, 골프는 자격이 되지 않아 출전하지 못했는데, 일범은 골프볼이나, 총알처럼 빨리 날아가는 물체도 기(氣)와 심력(心力)으로 컨트롤이 가능한지 시도해 보고 싶었기 때문이었다. 그린(Green) 위에서 퍼팅(Putting)을 할 때는 골프 볼(Ball)도 어느 정도 컨트롤이 가능했지만, 힘차게 날아가는 골프 볼(Ball)은 쉽지 않은 것이었다. 미국은 말 그대로 골프 천국이었다. 한 도시에 골프장이 몇 개씩 있으며, 비용도 너무 쌌다. 한 게임에 $50면 충분했고, 더 싼 골프장도 많았다, 캐디도 없으며, 카트(Cart)를 타든 타지 않든 자유였다. 일범은 힘들어 하는 아내를 위해 주로 카트를 탔지만 카트 비용을 포함해도 $50~$80 정도면 충분했다. 올림픽을 통해 포상금도 많이 받았기 때문에 일년 정도는 골프를 즐길 수 있을 것 같았다. 일범은 딸의 집에서 가까운 론 트리(Lone Tree)라는 골프장에 갔다. 18홀(Hole) 동네 골프장이었는데, 세계적인 골프대회가 열리는 멋있는 골프장은 아니었지만, 일범에게는 상관없었다. 경치 좋은 곳에서 골프를 치는 게 목적이 아니고, 날아가는 골프볼을 컨트롤할 수 있는지가 중요했기 때문이었다. 1번 홀(Hole)에서 힘껏 드라이버(Driver)를 휘둘렀다. 그리고 날아가는 볼을 주시했다. 멀리, 똑바로 보내려고 기(氣)와 심력(心力)을 집중했지만, 결과는 실패였다. 그동안의 수련으로 힘은 좋아져서 볼이 멀리는 갔지만 볼은 키 큰 나무를 훌쩍 넘겨 패널티(Penalty) 구역으로 넘어가 버렸다. 첫 홀(Hole)부터 오비(OB)가 난 것이다. 두번째 홀(Hole)은 거리가 153 야드(yards)의 파(Par) 3 홀(Hole)이었다. 7번 아이언(Iron) 을 잡고 휘두른 다음 홀(Hole) 방향으로 볼을 보내려고 심력(心力)을 다 했지만 역시 실패였다. 볼은 벙커(Bunker)에 빠지고 말았다. 18 홀(Hole)을 다 칠 동안 날아가는 볼을 한 번도 제어하지 못했다. 다만 그린(Green)위에서 퍼팅(Putting)을 할 때는 어느 정도 컨트롤이 가능했을 뿐이었다. 그러나, 일범은 실망하지 않았다. '진인사대천명(盡人事待天命)이라는 말도 있지 않은가? 노력하다 보면 결국은 되겠지.' 일범은 일 년 정도 열심히 시도해 볼 생각을 했다. 일범은 딸의 집에서 그리 멀지 않은 바운더리 오오크(Bounday Oak), 브랜우드(Brentwood), 블루락 스프링스(Blue Rock Springs), 프랭크린 캐년(Franklin Canyon), 레이크 샤보(Lake Chabot), 오커스트(Oakhurst), 틸든 파크(Tilden Park), 히든브룩(Hiddenbrooke), 이글 바인(Eagle Vine) 등의 골프장을 찾아다니며 거의 매일 골프를 쳤다. 골프를 즐기는 것도 있었지만 목적은 날아가는 볼을 의지로 제어하는 수련이었다. 일범의 목표는 '미국 PGA에 진출해서 마스터스(Masters) 골프대회에서 우승하는 것'이었다. 퍼팅(Putting)시 볼 컨트롤이 어느정도 되므로, 날아가는 볼을 심력(心力)으로 제어할 수 있다면 충분히 가능한 것이었다. 72 홀(Hole) 전 홀(Hole)을 버디(Buddy)를 하면 54타가 되는데, 그렇게 해서 골프의 신(神)이 될 수도 있는 것이다.

어느 날 일범은 네바다(Nevada)주 카손 시티(Carson City)에 있는 이글 밸리(Eagle Valley)라는 골프장에 갔다. 캘리포니아의 베이(Bay)지역을 벗어나 다른 주(州)로 간 것은 처음이었다. 경치가 정말 아름다운 골프 코스(Golf Course)였다. 1번 홀(Hole)에서 티 샷(Tee Shot)을 하려는데, 티(Tee)에 놓인 볼(Ball)은 잘 보이지 않고, 볼(Ball) 위에 커다란 검은 눈(黑眼)이 일범을 쳐다보고 있는 것 같았다. '왜 이런 환각이 보이는 거야.'라 생각하며 고개를 한번 흔들고 다시 볼(Ball)을 치려고 했지만, 그 커다란 흑안(黑眼)은 계속 일범을 쳐다보고 있었다. 일범은 옆에 서 있는 아내에게 "여보, 여기 내 볼 위에 뭐가 없어?"라 물었지만, 아내는 "있긴 뭐가 있어요? 빨리 공이나 치세요."라고 했다. 일범은 이상한 생각이 들었지만 무작정 드라이버(Driver)를 휘둘렀다. 흑안(黑眼)때문에 볼(Ball)을 제대로 보지 못하고 휘둘렀으니, 볼(Ball)이 잘 맞을 수가 없었다. 볼(Ball)은 심하게 생크(Shank)가 나고 말았다. 아내는 "왜 그래요? 다시 하나 치세요."라고 했다. 일범이 다시 볼(Ball)을 티(Tee)에 놓고 치려고 했으나, 여전히 흑안(黑眼)이 쳐다보고 있었다. "아니, 여보, 내 볼(Ball)에 커다란 검은 눈이 안 보여?" 라고 다시 아내에게 물었으나, "아무것도 없어요. 어서 치세요."라고 말했다. 일범이 다시 드라이버(Driver)를 휘둘렀으나 또 다시 생크(Shank)가 났다. 볼(Ball)을 보지 않고 치는 것이나 마찬가지라 장님이 볼(Ball)을 치는 것과 같았다. 몇 번 더 시도해 봤지만 마찬가지였다. 결국 일범은 골프를 포기할 수 밖에 없었다. 대신 카손 시티(Carson City)에서 멀지 않은 리노(Reno)의 카지노(Casino)에 가서 슬롯머신(Slot Machine)을 했는데, 돈을 $300이나 잃었다. 이튿날 딸의 집으로 돌아온 일범은 샌프란시스코 시내에 있는 프레시디오(Presidio) 골프장에 가서 골프를 쳤다. 흑안(黑眼)은 보이지 않았으나, 볼(Ball) 컨트롤은 역시 제대로 되지는 않았다. 며칠을 쉰 후 다시 네바다(Nevada)주 카손 시티(Carson City)에 있는 실버 오크(Silver Oak)라는 골프장에 갔다. '잘 쳐 봐야지.'라고 생각했지만, 이게 웬일인가? 흑안(黑眼)이 노려보고 있었다. 일범은 도무지 이해가 되지 않았다. 베이(Bay)지역을 벗어나

카손 시티(Carson City)에 오면, 흑안(黑眼)이 나타나는 현상을 어떻게 설명할 것인가? 일범은 실버 오크(Silver Oak)에서 골프 치는 것을 포기하고, 리노(Reno)시내에 있는 시에라 세이지(Sierra Sage)라는 골프장으로 갔다. 정말 미치고 환장할 노릇이었다. 시에라 세이지(Sierra Sage)에서도 흑안(黑眼)이 나타났다. "여보, 아무래도 안 되겠다. 안과나 신경과 의원에게 가 봐야 할 것 같다."라는 일범의 말에 아내는 "캘리포니아에서 치면 괜찮잖아요."라고 했다. '그렇다 캘리포니아에서 치면 괜찮은데 네바다(Nevada)에 오면 흑안(黑眼)이 나타난다. 눈이나 신경의 문제는 아니다. 그럼 도대체 원인이 뭐란 말인가?'

며칠 동안 딸과 함께 시간을 보낸 일범은 '전 세계에서 기(氣)가 가장 강하다.'는 아리조나(Arizona)주의 세도나(Sedona)로 여행을 갔다. 아내는 기감(氣感)이 너무 좋아 세도나(Sedona)에 올 때마다 좋은 기운을 많이 받곤 했다. 일범도 나름 맑은 기운 속에서 운기행공(運氣行功)을 하니 기분이 상쾌해졌다. 다음 날, 일범은 캐년 메사(Canyon Mesa)라는 골프장을 찾았다. 좋은 기운을 받았으니, 골프도 잘 될 것이라는 기대에 부풀었다. 그러나, 1번 홀(Hole)에서 티 샷(Tee Shot)준비를 하던 일범은 '아아악' 괴성을 지르고 말았다. 흑안(黑眼)이 여기서도 나타난 것이었다. 일범은 흑안(黑眼)에게 말을 걸었다.

"너는 도대체 누구냐?" 정말 의외로 흑안(黑眼)이 대답을 했다.

"이 녀석아, 나는 블랙 아이(Black Eye)란다."

"블랙 아이(Black Eye)? 그건 흑안(黑眼)이잖아."

"좋다, 애송이, 너는 나를 흑안(黑眼)이라 불러도 좋다."

"애송이라니? 내 나이가 일흔 다섯이야."

"그러냐? 나는 내 나이를 모른다. 처음부터 존재했으니 몇 천 년은 되었 겠지."

"처음부터 존재했다는 말은 무슨 뜻이냐?"

"이 녀석아, 처음이라는 말도 모르냐?"

"어디서부터가 처음인지 모르겠다는 말이지."

"이 녀석아. 이 세상이 시작될 때가 처음이란다."

일범은 갑자기 악마(惡魔)가 생각이 났다. '세상이 생길 때부터 있었다 는 것은 신(神)과 악마뿐이지 않은가?'라는 생각이었다. 일범을 반말하기 가 좀 미안해져서 존대말도 아니고 반말도 아닌 어중간한 말로 물었다.

"당신은 누구요?"

"이 녀석아, 똑같은 질문을 또 하는구나. 나는 블랙 아이(Black Eye)다."

"당신은 왜 내가 볼을 치지 못하게 하는 거요?"

"이 녀석아, 나는 무슨 일이든 할 수가 있단다. 너를 방해하는 것은 네가 마음에 들었기 때문이지"

"마음에 들어서 방해를 한다구요?"

"이 녀석아, 네가 내 말을 잘 들으면, 방해하지 않고 너를 도와주마."

"당신이 어떻게 나를 도와준다는 거요?"

"이 녀석아, 내가 이미 말했지 않느냐? 나는 무슨 일이든 할 수가 있다고. 너는 골프의 신(神)이 되고 싶은 거지? 네가 마스터스(Masters) 대회에서 우승하도록 도와주겠다는 거야."

"조건이 있을 거 아니요?"

"이 녀석아, 당연히 조건이 있지. 그러나 어려운 건 아니란다."

"조건이 무엇이요?

"이 녀석아, 너가 나를 좀 도와주기만 하면 된단다."

"무엇을 도와주면 되는 거요?"

"이 녀석아, 내가 하는 일을 도와주면 된단다."

"당신이 하는 일은 무엇이요?

"흐흐흐, 내가 하는 일은 세상을 멸망시키는 거지."

"뭐라구요? 나 더러 세상을 멸망시켜 달라는 것이요?"

"아니지, 아니지, 애송이 네가 세상을 멸망시킬 수는 없지. 그냥 나를 조금 도와주면 되는 거지, 그 대신 너는 무한한 능력을 갖게 되는 거지.

"세상이 멸망한 뒤에 내가 무한한 능력을 가지면 무슨 소용이 있겠소?"

"이 녀석아, 너는 생각보다 머리가 나쁘구나. 너는 몇 살까지 살 것 같으냐?"

"글쎄요, 백수는 넘기지 않겠소?"

"이 녀석아, 네가 살아 있을 동안 무한한 능력을 마음껏 발휘할 수가 있는 거야. 세상은 네가 죽을 때까지는 멸망하지 않을 테니까."

"하긴 그렇겠네요. 그런데 왜 하필이면 나요?"

"이 녀석아, 너가 내 능력을 받을 자격이 있기 때문이지, 아무나 내 능력을 받을 수는 없지. 100년쯤 전에 '히틀러'라는 녀석이 있었지, 그 녀석도 제법 괜찮기는 했는데, 내 능력을 받을 만한 그릇은 못되었지. 그래서 기술은 전해주지 못하고 나의 마성(魔性)만 주었는데, 제법 많은 일을 했지. 대부분의 악인들은 나의 마성(魔性)은 잘 받아들이는데, 내 기술을 받을 자질이 안 된단 말이야. 너는 내 기술까지 받을 자질이 있으니까, 히틀러 녀석보다는 내게 큰 도움이 되겠지."

일범은 드디어 흑안(黑眼)의 정체를 알아 냈다. 그 스스로 마성(魔性)이라고 하지 않았는가? '그렇구나, 이 자는 악마가 틀림없구나.' 일범은 악마에게서 벗어날 궁리를 해 보았으나 뾰족한 방법이 떠오르지 않았다. 어쨌든 자리를 피해야만 했기 때문에, "나에게 시간을 좀 주시오. 나도 정리해야 할 게 많습니다."라고 말했다. 흑안(黑眼)은 "흐흐흐, 이 녀석아, 언제든지 좋아, 너는 내 손에서 벗어날 수는 없어."라고 말하고는 눈앞에서 사라져 버렸다. 일범의 아내는 "누구와 무슨 얘기를 그렇게 오래 얘기하는 거예요?"라고 물었다. 일범이 "내가 하는 얘기를 듣지 못했어?"라고 하니 아내는 "뭐라 말을 하는데 무슨 뜻인지 알아들을 수가 없었어요. 영어도 아니고, 중국어나 일본어도 아닌데, 그건 어느 나라 말이에요?"라고 했다. 일범은 안도의 한숨을 쉬고는 "여기서도 흑안(黑眼)이 나타나서 골프가 안 되니, 다른 데로 가자."라고 했다.

캘리포니아로 돌아온 일범은 다시 베이(Bay)지역의 골프장에서 골프를 칠 수 밖에 없었다. 무슨 이유인지 몰라도 캘리포니아 지역에서는 흑안(黑眼)이 나타나지 않았다. 그러나 가만히 생각해 보니 캘리포니아에서만 골프를 쳐서는 일범이 꿈꾸는 골프의 신(神)이 될 수가 없었다. 큐스쿨(Q-School)을 통과할 수도 없고, 마스터스(Masters) 대회가 열리는 조지아(Geogia)주의 오거스타(Augusta) 골프장에서는 경기를 할 수 없는 것이었다. 결국 '골프로 PGA를 평정하겠다.'는 생각을 포기해야 하는가 고민하다가, '어차피 미국에 왔으니, 전 세계에서 가장 멋진 골프장에서 골프를 한번 치고 가야겠다'고 마음먹었다. 몬터레이(Monterrey) 반도에 있는 페블비치(Pebble Beach) 골프장에 예약을 하려고 하니, 그린 피(Green Fee)가 $495, 카트(Cart)비는 $35였다. 가서 1박을 한다고 생각하니 호텔비를 $100로 치면 $630가 되었다. 너무 비싸서 망설이게 되었지만, '어차피 골프의 신(神)이 될 수 없는 상황에서는, 평생 다시 올 것도 아닌데 까짓 것 한번 치자.'라 생각하고 예약을 해 버렸다. 페블비치(Pebble Beach) 골프장은 예전에 몬터레이(Monterrey) 반도의 17마일(17Miles)을 드라이브(Drive)할 때에 구경을 해 본적이 있었다. 그때의 그 환상적인 골프 코스를 늘 잊지 못했는데, 페블비치(Pebble Beach)에서 골프를 치다니, 가슴이 두근거려서 호텔에서는 잠도 제대로 이루지 못했다. 아침 9시 티 타임(Tee Time)이었지만 8시에 도착했다. 일범에게는 코스가 너무 어려웠지만 퍼팅(Putting)할 때 심력(心力)으로 볼을 제어하면서 9 홀(Hole)을 마쳤다. 10번 홀(Hole)에서 티 샷(Tee Shot)을 준비하는데, '흐흐흐' 하는 소름 끼치는 웃음소리가 들렸다. 이게 무슨 일인가? 티(Tee) 위에 놓인 볼에 흑안(黑眼)이 보였다. 일범은 세상이 무너지는 것 같은 절망감에 빠졌다. "아니, 당신은 캘리포니아에서는 나타나지 않잖소?"라고 하니, 흑안(黑眼)은 "이 녀석아, 누가 그래? 내게 불가능한 일은 없다고 했을 텐데, 그동안 네가 노는 모습이 귀여워서 캘리포니아에서 봐 준거지."라고 말했다. 아내가 "공 안치고 뭐해요?"라고 했으나, 일범은 정신을 차릴 수가 없었다. 일범은 흑안(黑眼)에게 "이번 게임만 끝내게 해 준다면 당신 말을 따르겠소."라고 말하니, 흑안(黑眼)은 "이 녀석아, 잘 생각했다. 한번 봐주기로 하지. 나는 너의 마음을 읽고 있으니, '앞으로 골프를 안 치면 되지.'라는 생각은 하지 마라."라고 했다. 일범이 생각하는 그대로를 흑안(黑眼)이 말해 버리니, '도저히 빠져나올 수 없겠구나.'라는 생각이 들었다. 편치 못한 마음으로 18홀(Hole)을 끝내고 차를 운전해서 집으로 돌아오고 있는데, 이번에는 차의 계기판에 흑안(黑眼)의 얼굴이 나타났다. 일범은 완전히 절망했고 '흑안(黑眼)의 제안에 따를 수밖에 없다.'는 것을 알았다.

"당신은 나를 완전히 따라다니고 있군요?"

"그럼, 그럼, 이 녀석아, 너가 가는 곳이면 어디든지 가지."

"나에게 전해준다는 기술은 무엇이요?"

"이 녀석아, 그것은 심즉살(心即殺)이라는 것이다."

일범은 다시 한번 놀라지 않을 수가 없었다. 심즉살(心即殺)이라는 것
은 마음으로 살기를 품기만 해도 상대방이 바로 죽어버리는 무시무시한
마공(魔功)인 것이다.

"내가 그 기술을 익힐 수 있소?"

"그럼, 그럼, 이 세상에서 나의 이 기술을 익힐 수 있는 사람은 너 하나
뿐이다."

"제가 그 기술을 익혀 무엇을 하면 돼요?"

"이 녀석아, 무엇을 하긴, 그냥 사람들을 모두 죽여버리면 되지."

"아닙니다. 나는 사람을 함부로 죽이지 못해요."

"이 녀석아, 내가 죽이라고 하는 사람만 죽여."

"사람을 죽여서 뭘 어쩌겠다는 거요?"

"어쩌긴, 나는 이 세상을 멸망시키겠다고 말하지 않았느냐?"

"당신의 능력이라면 직접 하면 되지 왜 나에게 시키는 거요?"

"이 녀석아, 그건 네가 몰라도 된다."

"가르쳐 주지 않으면 차라리 제가 죽어버리겠소."

"흐흐흐, 이 녀석아, 그래서 네가 더 마음에 드는 것이다. 뭐 꼭 알고 싶다면 알려 줄 수도 있지. 내가 예전에 '내 손으로 직접 행하지 않겠다'고 누구와 약속을 해버렸거든."

"그래서 히틀러를 골랐고 이번에는 저를 고른 거요?"

"그렇지, 그렇지, 너 만한 도구는 천년에 하나 나오기 힘든 그릇이거든. 내가 이번에는 운이 좋았지."

"당신의 지시만 따릅니까? 내가 죽이고 싶은 사람이 있으면 어쩌지요?"

"이 녀석아, 네가 죽이고 싶은 사람을 죽여도 되지. 그러나, 네가 죽이고 싶은 사람은 심성이 악한 사람일 거 아니냐? 심성이 악한 사람은 다 내 편이므로 안 죽이는 게 좋지."

"내가 만약 끝까지 당신 말을 듣지 않으면 어떻게 돼요?"

"흐흐흐, 이 녀석아, 너는 내 말을 들 수밖에 없다. 만일 안 듣는다? 그러면 어떻게 해줄까? 우선 너의 아내, 너의 가족, 너의 친구, 너와 가까운 사람부터 고통을 줘야지. 그 다음엔 네가 아무 짓도 하지 못하게 계속 방해를 해야지. 그래, 그래, 그것도 재미있겠는 걸."

일범은 어쩔 수가 없음을 깨달았다.

"당신은 어떤 방식으로 나에게 기술을 전해주는 거요?"

"이 녀석아, 그건 내가 알아서 할 테니 기다리고 있어라." 이 말을 남기고 흑안(黑眼)은 사라졌다.

"당신은 운전을 하면서 알아듣지도 못할 말을 왜 그렇게 중얼거려요?"

일범은 아내의 핀잔을 들었다.

일범은 그렇게 캘리포니아에서 1년을 보냈다. 한국에서 일범에 대한 뉴스는 많이 잠잠해진 것 같았다. '돌아갈까? 더 있을까?'를 결정 못하고 있는데, 아들로부터 전화가 왔다.

"아버지, 대한체육회에서 연락이 왔는데 아버지를 '꼭 좀 만나겠다'고 합니다."
"용건이 뭔지 안 물어봤냐?"
"월드컵 때문인 것 같습니다."
"월드컵? 그렇구나. 월드컵이 열릴 때가 되었구나."

일범은 다시 망설여졌다. 일범이 나서면 월드컵 우승은 문제가 없겠지만, 또다시 매스컴에서 난리가 날 것이 뻔하므로 귀찮아졌다.
'내가 편한 게 옳으냐? 한국이 월드컵 우승하는 게 옳으냐?'
한국으로 돌아온 일범은 대한체육회 사무총장에게 전화를 걸었다.

"아, 어르신 돌아오셨습니까? 그동안 어떻게 지내셨는지요?"
"기자들을 피해 숨어 있었지요."
"귀찮게 해 드려 죄송합니다. 하지만 이번 월드컵에 어르신의 도움이 필요해서 이렇게 연락 드리게 되었습니다."

"아직 1년 가까이 남았을 텐데 뭘 그리 서두르시오?"

"아닙니다, 어르신, 올해는 월드컵을 남미 아르헨티나의 부에노스아이레스에서 개최하다 보니, 얼마 남지 않았습니다."

"왜 그래요?"

"부에노스아이레스는 남반구이다 보니 계절이 유럽과는 다릅니다. 그래서….."

"아, 무슨 말인지 알겠습니다. 우리 팀은 본선 진출이 확정되었습니까?"

"이제 예선 마지막 한 경기만 남았는데, 이 게임에서 반드시 이겨야 하는 부담이 있습니다."

"지면 탈락하는 거요?"

"예, 상대는 일본 팀인데, 일본의 전력이 만만치 않습니다."

"알겠습니다, 경기는 어디서 열립니까?"

"장소가 일본 동경이라서 더욱 부담이 됩니다."

"알겠습니다, 내 한번 들리겠습니다."

"아닙니다. 저희가 바로 차를 보내겠습니다."

얼마 후에 도착한 차량은 대한체육회로 가는 게 아니고 김포 공항으로 향했다.

"지금 어디로 가는 거요?"

112

"아, 죄송합니다. 미리 말씀드려야 하는데, 바로 일본으로 갑니다."

"그렇게 급한 것이었습니까?"

"네, 마지막 게임은 내일 아침에 있습니다."

"그러면 내가 선수로 등록되어 있기나 하는 거요?"

"예, 감독님이 만일을 대비해서 선생님을 후보 선수 명단에 포함시켜 뒀습니다. 죄송합니다. 허락도 받지 않고 마음대로 해서….."

"허허, 참." 일범도 기가 막혔다.

"최근 일본의 전력이 대단합니다. 일본은 이미 본선진출 티켓을 따 놓은 상태이지만 우리는 일본에게 패하면 탈락입니다. 꼭 이겨야만 하는데, 한일전이 원래 죽기 살기로 싸우는 편이라 장담할 수 없는 게 현실입니다."

동경에 도착한 일범은 곧바로 감독과 선수들을 만났다. 감독은 2년 전에 올림픽 대표팀을 이끌었던 사람이었다.

"허어, 감독님이 이제 월드컵 대표팀을 맡고 있군요."

일범이 인사를 건네자 감독은 고개부터 숙였다.

"어르신, 죄송합니다. 허락도 없이 어르신을 선수 명단에 넣었습니다."

"괜찮아요, 다 나라를 위한 결단이었겠지요."

선수들은 환호성을 질렀다. 2년 전 올림픽에서 일범의 활약을 너무나 생생히 기억하는 그들로서는 감격스러울 수밖에 없었다. 일범은 선수들과 감독에게 "나는 내일 후보선수로서 벤치를 지킬 테니까, 기존 멤버로 경기를 하세요. 내가 뛰어야 할 필요가 있으면 들어갈께요."라고 말했다.

다음날 경기는 막상막하였고 어느 팀도 득점을 하지 못한 채, 시간은 거의 끝나가고 있었다. 5분도 남지 않은 상황이 되자 감독은 초조해졌다.

"어르신, 이제 어르신께서 나서야겠습니다.'라고 말했지만 일범은 태연했다.

"감독님 걱정 마세요. 경기는 우리가 1:0으로 이길 겁니다."

일범은 자신의 안법(眼法)을 믿었다. 과연 채 3분도 남지 않은 상황에서 일본진영 페널티 박스 안에서 일본선수가 핸들링 반칙을 범했고 한국의 키커는 페널티 킥을 성공시켰다. 한국이 일본을 꺾고 마지막 남은 한 장의 월드컵 본선 진출 티켓을 따내는 순간이었다. 미야기 스타디움은 치우(蚩尤) 깃발을 흔드는 한국선수단의 '대~한민국'이라는 함성으로 가득 찼다. 감독과 선수들은 감격의 눈물을 흘렸다. 감독이 일범에게 "어르신은 우리가 이길 것을 어떻게 아셨습니까?" 물었을 때, 일범은 '내가 미래를 보는 눈을 좀 키웠지요."라고 대답했다.

월드컵은 예전에는 32개국이 본선 진출을 했으나, 지난대회부터는 48개국으로 늘어났다. 진행방식도 많이 달라져서 48개국이 3개팀으로 나누어 조별 리그전을 치러, 상위 2개팀이 32강에 오르게 되며, 32강부터는 토너먼트 방식이었다. 한국팀은 조 2위로 무난히 32강에 올랐으며 32강에서 만난 팀은 잉글랜드였다. 잉글랜드와의 경기는 1:1로 팽팽히 맞선 가운데 추가 시간 5분이 주어졌다. 일범은 처음으로 교체 투입되어 어기충소(御氣衝溯)의 수법으로 한 방을 터트렸다. 16강에서 다시 일본을 만났다. 0:0으로 맞선 가운데, 후반전에 교체 투입된 일범은 이형환위(移形換位)의 수법으로 2골, 어기충소(御氣衝溯)의 수법으로 한 골을 넣어 3:0으로 일본을 물리쳤다. 일범이 볼을 다리 사이에 끼우고 순식간에 상대 문전으로 이동해 버리는 이형환위(移形換位)의 수법을 쓸 때마다, 상대선수뿐만 아니라 수만명의 관중들도 아무도 일범의 움직임을 보지 못했다. 언론에서는 '게임에 등장하는 브링크(Blink) 마법이 축구에 등장한 것'이라고 난리가 났다. 8강전 독일과의 경기에는 일범이 출전하지 않고도 1:0으로 이겼다. 스페인과의 4강전에서는 접전이었다. 일범은 안법(眼法)으로 승부를 예측해 보니, 무승부가 나왔다. 일범은 감독에게 "경기가 무승부가 될 것 같으니 승부차기에 강한 선수로 교체하라"고 일렀다. 일범의 말이라면 무조건 믿는 감독은 연장 후반 막바지에 일범을 포함해 선수 몇 명을 교체했다. 승부차기의 1번 키커는 당연히 일범이었다. 일범은 상대편 골키퍼의 안면을 향해 기(氣)가 잔뜩 실린 볼을 날려 보냈다. 골키퍼는 안면에 볼을 맞은 채로 골 문 안으로 쓰러졌다. 스페인은 부상당한 골키퍼를 빼고 예비선수로 교체했으나, 사기가 오른 한국팀에게는 역부족이었다. 경기는 4:1로 한국이 이겼다. 4강전의 상대는 주최국 아르헨티나였다. 지금까지의 경기와는 달리 일범은 선발로 출전했지만, 포지션은 수비수였다. 아르헨티나는 집요하게 공격해 왔지만, 이형환위(移形換位)의 수법을 사용하는 일범은 상대가 슈팅하기 전에 항상 볼을 가로채 버렸다. 한국의 공격력도 날카로웠지만 아르헨티나의 수비벽도 쉽게 뚫리진 않았다. 아르헨티나의 관중의 일방적인 응원이 경기장을 떠나보낼 듯했지만, 일범의 가로채기 개인기에 막혀 아르헨티나는 한 번도 유효 슈팅을 날리지 못했다. 후반 시간이 얼마 남지 않은 상황에서, 수비만 하던 일범이 하프라인까지 볼을 몰고 갔다. 하프라인에서 갑자기 볼을 멈춘 일범은 그대로 상대 골문을 향해 슛을 했다. 볼은 골키퍼의 손이 닿을 수 없는 오른쪽 상단 모서리에 정확히 꽂혀버렸고, 수만 관중석에서는 순간 정적이 흘렀다. 한국 교포 응원단만 '대~한민국'을 외치고 있었다. 결승전은 브라질과의 대결이었다. 이 경기는 세계 축구사에 전무후무한 기록이 세워졌으며, 완전한 신(神)의 탄생을 전 세계인이 지켜보게 되었다. 축구 경기는 11명의 선수가 팀을 이루어 하는 경기였지만, 이번 월드컵 경기는 1명의 선수가 넓은 운동장에서 쇼를 벌이는 경기일 뿐이었다. 일범은 처음부터 답설무흔(踏雪無痕), 이형환위(移形換位), 허공섭물(虛空攝物), 심력(心力), 허공답보(虛空踏步), 능공허도(凌空虛道)같은 모든 무공의 수법을 사용하여, 혼자 10골을 넣어버렸다. 브라질 선수들은 10골을 먹는 동안 한 번도 일범을 막지 못했다. 바람을 어찌 막으며, 보이지 않는 일범을 무슨 수로 태클을 시도한단 말인가? 2년 전 올림픽에서 신(神)의 탄생을 보았던 전 세계인은 이제 완전한 신

㈜의 작품을 본 것이었다. 인터뷰를 하려고 기자들이 몰려들 때, 일범은

갑자기 공중으로 몸을 솟구치더니 경기장 밖으로 날아가 버렸다.

제9장

악마의 환생

일범은 '흐흐흐' 하는 익숙한 목소리를 따라 계속 달리고 있었다. 조금 전 경기장 밖으로 급히 나온 것은 그 웃음소리를 들었기 때문이었다. 달리는 중에 머리가 쪼개질 듯한 통증이 느껴지고 가슴이 답답해 왔다. 기분 나쁜 웃음소리는 계속 일범을 부르고 있었고, 일범은 전속력으로 웃음소리를 따라 달리고 있었다. 절벽 끝에 도달했을 때는 수백 km를 달린 것 같았다. 눈 앞에는 탁 트인 바다가 보였지만, 머리는 어질어질하고, 가슴도 여전히 답답했다. 바다를 등지고 흑안(黑眼)이 일범을 바라보고 있었다.

"애송이 녀석아, 이제 때가 된 것이다. 너의 조그만 성취를 위해 내가 지금까지 기다려 준 것에 감사해라."

"당신이 나를 기다려 줬다구요?"

"그럼, 그럼, 너가 사람들로부터 신(神)이라는 소리를 듣도록 기다린 것이지. 그래야만 앞으로의 일이 훨씬 재미있어질 테니까. 흐흐흐."

"그러면 나는 무엇이 달라졌소?"

"흐흐흐, 이 녀석이, 너의 몸 속에 심즉살(心卽殺)기술과 마성(魔性)을 심어놨다."

"내 머리가 아프고 가슴이 답답했던 게 당신 때문이었군요."

"그렇지, 애송이 녀석아. 네 녀석의 신체는 심즉살(心卽殺)과 아주 잘 어울리는구나. 하지만 네 녀석의 심기가 너무 탄탄해서 마성(魔性)을 심는 데는 애를 먹었다."

"나는 이제 마인(魔人)이 된 거요?"

"이 녀석아, 아직은 모르지. 이제 시험을 해 봐야지."

"시험을 해 본다는 것은 무슨 뜻이요?"

"이 녀석아, 시험이란 '사람을 죽여 본다'는 뜻이란다."

"안 됩니다. 나는 사람을 죽일 수가 없소."

"이 녀석, 마성(魔性)을 심기가 그렇게 어렵더니, 아직 선(善)한 기운이 살아 있구나. '히틀러'를 비롯한 대부분의 악인들은 쉽게 심어졌는데…, 하지만 계속 사람을 죽이다 보면 마성(魔性)이 제대로 작동하겠지."

"누구를 먼저 죽이는 거요?"

"이 녀석아, 그 질문은 잘 했다. 누구를 죽이고 싶으냐?"

"아직도 중동에는 이스라엘과 아랍무장단체 간에 전쟁이 끝나지 않고 있습니다. 나는 두 나라의 지도자들을 동시에 없애 버려서 전쟁을 종식시키고 싶소."

"이 녀석아, 전쟁을 끝내서는 안 되지. 내가 원하는 것은 끊임없는 전쟁이야. 그래야만 세상의 멸망을 볼 수 있거든."

122

"당신과 나는 방법이 확실히 다르군요."

"이 녀석아, 이렇게 하자. 둘 다 죽이지 말고, 이스라엘의 지도자만 죽이자. 그러면 전쟁이 더 확산될 거 아니냐?"

"정말 어처구니가 없네요. 어쨌던 내가 사람을 죽이려면 그 사람을 만나야만 심즉살(心卽殺)인지 뭔지를 쓸 수 있을 것 아니에요?"

"이 녀석아, 심즉살(心卽殺)은 직접 얼굴을 보지 않아도 된단다. TV에 나오는 상대를 보고 살기(殺氣)만 일으키면 상대는 바로 죽어 버리지. 그것도 안 된다면, 이 블랙 아이 (Black Eye)의 기술이라 할 수가 없지. 암. 그렇고 말고."

"정말 무시무시한 기술이네요."

"이 녀석아, 얘기는 그만하고, 첫번째 임무를 주겠다. 중동에 전쟁이 확산되도록 이스라엘의 지도자를 죽여라."

이 말을 남기고 흑안(黑眼)은 눈앞에서 사라졌다. 절벽 저쪽에는 태평양의 물결이 일렁거렸다.

전 세계 언론은 신(神) 얘기 외의 다른 얘기는 없었다. 방송, 신문, 라디오, 유튜브 등 모든 매체는 신(神) 얘기만 했다. 음악 프로그램도 없고 스포츠 얘기도 없었다. 오로지 신(神) 얘기뿐이었다. 카톨릭, 기독교, 불교, 이슬람교 등 모든 종교에서도 '앞으로 이 신(神)은 어떤 기적을 보여줄 것인가에 관심이 집중되었다. 2년 전 올림픽 때 만들어진 한국의 범교(凡敎)는 집회마다 인산인해를 이루었다. 중동에서는 이스라엘과 팔레스타인 무장단체 간의 전쟁이 5년을 넘고 있었다. 따지고 보면 이스라엘인과 아랍인은 모두 아브라함의 후손들인데 배다른 형제 간의 싸움은 영토에서 비롯된 것이었다. 일범은 현대 사회에서도 형제 간의 재산분쟁을 늘 못마땅하게 생각하고 있었다. 서로 조금씩 양보하고 함께 살아간다면 얼마나 좋을까? 가정도, 국가도, 세계인이 모두 한 가족 아닌가? TV를 보고 있는데 이스라엘의 수상이 기자들을 상대로 브리핑을 하고 있었다. 흑안(黑眼)의 지시가 있었지만 살기(殺氣)는 느끼지 않았다. 그런데 수상의 연설 내용이 일범의 심기를 건드리고 말았다. 수상은 '이스라엘은 모든 수단을 동원하여 무장단체들의 최후의 일인까지 섬멸할 것'이라고 했다. 일범은 '최후의 일인까지 죽인다고? 아랍인은 사람이 아닌가? 저런 사람이 국가를 이끌고 있으니 전쟁이 계속되는 것'이란 생각이 들었고, 갑자기 살기를 느꼈다. 그 순간 TV속에서 연설을 하던 수상이 갑자기 가슴을 움켜쥐며 쓰러졌다. 전 세계는 방송들은 신(神) 얘기를 중단하고 일제히 이스라엘 수상의 급보를 타전했다. 이스라엘에서는 정확한 상황이 파악되지 않은 상태에서도 팔레스타인 무장 무장단체의 소행일 것이라고 추측하고 있다고 했으며, 아랍권에서는 만세를 불렀다. 미국, 유럽, 러시아, 중국 등 모든 나라에서 모두 자국(自國)이 유리한 방향으로 논평을 냈다. 일범은 '모든 나라의 정치인들은 다 똑같구나.'라는 생각이 들었다. 며칠 후 이스라엘은 팔레스타인 무장단체에 대한 대대적인 공세가 시작하였다. 흑안(黑眼)이 말한대로 전쟁은 더욱 확대된 것이다. 중동 전쟁 얘기로 뉴스에서 신(神) 얘기가 줄어든 것은 일범에게는 다행이었다.

한국의 방송에서도 중동 전쟁 얘기가 주 화제였다. '이러다 3차대전이 일어나지 않을까?' 걱정하는 사람도 많았다. 일범도 일상적인 수련 외에는 TV를 보는 경우가 많았다. 중동 전쟁 뉴스 외에 가장 많은 얘기는 정치권 얘기였다. 정치뉴스는 항상 일범을 짜증나게 했다. 방송이 훈훈한 미담을 전하거나, 아름다운 자연을 소개하거나, 소시민들의 생활 속에서 발견하는 소소한 행복을 전하면, 많은 사람들에게 공감을 얻을 텐데, 매일 싸우기만 하는 정치뉴스들 위주로 전하는지 이해할 수가 없었다. 일범은 기본적으로 대부분의 정치인들을 싫어했다. 왜냐하면 대부분의 정치인들이 말과 행동이 전혀 달랐고, 거짓말을 잘 하기 때문이었다. 어느 날 TV를 보고 있는데, 간첩활동 혐의로 재판에 넘겨진 정치인 얘기가 나왔다. 평화통일운동을 주도해온 유력 정치인이었는데, 수년간 북한으로부터 공작금을 받고, 북한의 지령에 따라 반미, 반정부 활동을 한 혐의로 기소되어 재판정으로 출두하는 모습이었다. 그는 기자들 앞에서 "나는 평생 통일운동을 해 온 사람입니다. '북으로부터 돈을 받고, 북의 지령으로 반미, 반정부 행위를 했다'고 하는 것은 명백한 정치 탄압입니다."라고 말하고 있었다. 일범은 '저런 사람은 북으로 보내 버리면 되지 왜 재판을 질질 끌어가면서 정치인들의 싸움거리만 제공하고 있는지.'라 생각했다. 그런데, 그 순간 말을 하고 있던 그 정치인이 갑자기 가슴을 움켜쥐며 쓰러졌다. 다음 뉴스는 어느 여론 조사에서 '꼴보기 싫은 정치인'1위를 차지한 적이 있는 정치인이 방송에 나와서 또 거짓 주장을 쏟아내고 있었다. '어휴, 꼴보기 싫은 정치인들이 왜 계속 방송에 나오나? 불평을 했는데, 그 정치인이 바로 픽 쓰러졌다. 일범은 순간적으로 '아뿔싸! 나도 모르게 살기(殺氣)를 느꼈구나.'라는 생각이 들었다. 이스라엘 수상에 이어 심즉살(心卽殺)이 연이어 이루어진 것이었다. 일범은 '더 이상 뉴스를 봐서는 안 되겠다.'라고 생각하고 다른 채널로 돌렸다. 그런데 다른 채널에서는 패널들이 나와서 대담을 하고 있는데, 또 정치 얘기였다. 정치 패널들이 원래 그러듯이 대부분 자기진영을 위해 사실을 조금씩 과장하거나 왜곡하는 경향이 있었다. 일범은 그 정도는 이해했다. '자신도 먹고 살아야 하니까.' 그런데 그날은 한 정치 패널이 일범을 화나게 했다. 자기 보스에게 아부하여 나중에 한 자리를 해 보려는 욕심이 너무 과했는지, 온 국민이 알고 있는 사실을 '국민들이 잘 못 알고 있다'며, 끝까지 양심을 버리고 있었다. 일범은 본능적으로 다시 '저런 정치인들이 없어져야 이 나라가 잘 될 텐데.'라는 생각을 했다. 말을 하고 있던 그 패널 역시 가슴을 움켜쥐며 쓰러졌다. 방송에 등장한 세 명의 정치인이 거의 같은 시각에 갑자기 사망한 사건이 발생한 것이었다. 경찰에서는 피습이나 음식물 중독 등 다각도로 사인 규명에 애썼으나, 결국은 심장마비로 결론이 났다. 평소에 심장에 문제가 있던 사람들이 아니

126

었지만, 별다른 원인을 찾을 수가 없었고, 국과수에서도 '갑자기 심정지가 왔다'고 결론을 내렸다. 일부 국민들 사이에서는 '천벌을 받았다.', '그래서 항상 착하게 살아야 해.'라는 소문이 퍼져 나갔다. 일범은 후회가 되었다. '내가 이러다 마성(魔性)을 주체하지 못하면 어쩌나?'라는 생각이 들었다.

다음날 새벽에 일어나 운기조식(運氣調息)을 마친 일범은 동네 앞산을 오르고 있었다. 언제나처럼 오르막을 뛰어오르는 중에 '흐흐흐'하는 기분 나쁜 웃음소리가 들렸다.

"아니, 이제 내 집에도 나타나요?"

"이 녀석아 내가 못 가는 곳이 어디 있느냐? 이번 일은 아주 잘 처리했구나. 역시 너는 내 마음에 쏙 든단 말이야."

"무슨 말을 하는 것이요?"

"이 녀석아, 이스라엘 수상을 잘 죽였을 뿐만 아니라 너가 마음에 들지 않는 녀석들도 죽이는 걸 다 봤다. 암 그렇지, 그렇게 해야 한다. 자꾸 죽여야만 너의 마성(魔性)이 확실히 뿌리내리는 거야. 그런데, 네놈이 죽이고 싶은 사람은 대부분 악한 사람들인데, 그건 내 생각과 다르구나, 악인은 전부 내 편이니까 앞으로는 네 맘대로 죽이지 말고 내가 말하는 대로 해야 한다. 그래야만 세계가 혼란스러워지고 멸망을 향해 가게 되는 거야."

"당신이 죽이고 싶은 사람들은 누구요?"

"이 녀석아, 나는 사람만 죽이고 싶은 게 아니라 모든 평화와 질서를 파괴하고 싶은 거란다."

"말도 안 되는 소리는 하지 마세요. 당신은 나에게 심즉살(心卽殺)의 수법을 심어준 게 아니요? '심즉살(心卽殺)이 사람을 죽이는 것 외에 다른 것도 할 수 있다'는 말이요?"

"네 녀석이 그래서 내 마음에 드는 거야. 살(殺)이란 반드시 사람일 필요는 없는 거지. 모든 것은 살(殺)의 대상이 되는 거지. 예를 들어 건물을 무너뜨리고 싶다면 '건물이 살(殺)의 대상이 된다'이 말씀이야. 이 녀석아, 이제 이해가 되느냐?"

"안됩니다. 이해가 됐다 해도 나는 그런 일을 할 수 없소."

"네 녀석의 마성(魔性)이 아직 덜 자리잡았구나, 괜찮아. 차츰 좋아질 테니까."

"그럴 일은 없을 것이요. 나는 절대로 당신에게 굴복하지 않을 것이요."

"이 녀석아, 결국 너는 내가 선택한 녀석이야. 내가 원하는 대로 될 수밖에 없어. 또 보자."

이 말을 남기고 흑안(黑眼)은 사라졌다. 일범은 하루의 시작을 완전히 망쳐 버렸다. 무슨 방법이 없을까? 내가 그 흑안(黑眼)에게 계속 조종당하면 앞으로 무슨 일이 벌어질지도 모르잖아.'일범은 고개를 세차게 흔들었다.

일범은 친구들을 만나기 위해 도심으로 차를 운전하여 가고 있었다. 도시의 교통은 일범을 늘 짜증나게 했다. 신호가 끝났는데도 계속 꼬리를 물고 가는 차량, 신호가 들어오자마자 '빨리 출발하지 않는다'고 클랙슨을 울리는 차량, 막무가내로 끼어드는 차량, 직진 차로가 갑자기 좌회전 차로로 바뀌어 버리는 차선, 일범은 늘 시골에 사는 게 참 다행이라 생각해 왔다. 그날은 어쩔 수 없이 차를 가지고 도심으로 가는데, 고속도로 출구까지 약 1km 정도 차가 밀리고 있었다. '가다 서다'를 반복하며 겨우 출구 가까이 왔는데, 왼쪽 차선을 가던 차가 갑자기 앞으로 확 끼어들어 왔다. 다른 차들은 1km를 줄을 서서 왔는데, 옆 차선으로 쌩쌩 달려와서는 출구 직전에 바로 끼어드는 얌체 운전자였다. 일범은 '저런 놈이…'라는 욕설과 함께 순간적으로 살기를 느꼈다. 순간 끼어들던 그 차는 네 개의 바퀴가 동시에 터지면서 그대로 주저 앉고 말았다. 운전자가 죽었는지도 모를 일이었다. 일범은 한숨을 쉬었다.

"아아, 정말 심즉살(心卽殺)은 물체에도 통하는구나."

친구들을 만나 식사를 마친 일범은 친구들과 함께 차를 한 잔 마시기 위해 커피숍을 찾고 있었다. 경찰 지구대 옆을 지나치는데, 시끄러운 소리가 들렸다. 웬 젊은 사람 한 명이 손에 칼 한 자루를 들고 경찰과 대치하면서 고래고래 소리를 지르고 있었다. 마약을 한 사람 같았다. '저런 놈들이 없는 세상을 만들어야 한다.'는 생각을 한 순간 그 사람은 픽 쓰러졌다. 또 사람을 죽이고 만 것이었다. 마기(魔氣)는 점점 강해지는 것 같았다.

집으로 돌아온 일범은 국내에서 계속 지내다가는 무슨 일을 더 저지를 지 불안한 마음이 들어, 아내에게 '해외로 여행을 가자'고 말했다.

"갑자기 해외여행을 왜 가요?"

"뭐 바람이나 좀 쇠고 오는 거지."

"갑자기 해외여행을 가자니까 무슨 일이 있는지 불안해서 그렇죠."

"아무 일도 없어, 당신이 옛날에 스위스에 한 번 가고 싶다고 했잖아."

"스위스를 한번 가고 싶기는 하지만 비용이 만만찮을 걸요."

"올림픽 때 좀 벌어놨잖아. 일단 어디를 가서 머리 좀 식히고 오자."

이리하여 여행사에 영국, 프랑스, 이태리, 스위스를 둘러보는 서유럽 패 키지 여행상품을 신청했다. 맨 먼저 도착한 곳은 영국이었다. 국왕이 살고 있다는 버킹검(Buckingham)궁을 구경하고 있는 때에, 아뿔싸! 흑안(黑眼)이 나타나고 말았다. 흑안(黑眼)의 마성(魔性) 때문에 무슨 일이 일어 날지 몰라 외국까지 왔건만 흑안(黑眼)은 외국까지 따라오고 만 것이다.

"당신은 나에게 잠시의 틈도 주지 않는군요."

"흐흐흐, 이 녀석아. 그렇지 않아도 평화로운 나라들을 어지럽히고 싶었 는데, 여기까지 와 주니, 네 녀석에게 고맙다고 해야겠다."

"나더러 뭘 어쩌라는 것이요?"

"세상을 제대로 어지럽히는 것은 이쪽 유럽부터 시작해야 하거든."

"나는 당신이 원하는 대로 하지 않을 것이요."

"네 녀석이 안 하겠다고 해서 안되는 게 아니야."

"당신은 '스스로는 하지 않는다'고 어느 분과 약속을 했다면서요?"

"그렇지, 그 약속 때문에 내가 네 같은 녀석을 부려야 하지 않느냐?"

"그러면 내가 하지 않으면 당신은 아무 일도 못하는 것 아니요?"

"흐흐흐, 이 순진한 녀석아! 직접 손쓰지 않아도 다른 녀석들을 시키면 되는 거지."

"나 외에는 당신의 능력을 받을 사람이 없다면서요?"

"이런 바보 같은 녀석이 다 있나? 네 녀석은 나의 심즉살(心卽殺) 수법을 받을 수 있는 그릇일 뿐이야. 나는 누구에게든 마성(魔性)을 심어줄 수가 있단다. 이 세상의 악인들은 전부 내가 마성(魔性)을 심어 둔 자들이야. 당장 너희 단체관광객의 버스 운전자에게 마성(魔性)을 심어서, 버스가 절벽에서 굴러떨어지게 할 수도 있지."

일범은 '도저히 흑안(黑眼)의 상대가 되지 않는다.'는 사실을 깨달았다.

"그러면 내가 무슨 짓을 해야 하는 것이요?"

"그래, 그래. 이제야 말이 좀 통하는구나. 잘 생각했다. 영국에서 할 일부터 알려주겠다. 조금 후에는 웨스트민스트 사원(Palace of Westminster: 영국 국회의사당 건물)에 갈 것이다. 그때 나를 좀 도와주면 돼."

"어떻게 하라는 것이요?"

"너는 어떤 녀석을 죽이면 돼. 걱정 마라. 그 녀석은 나의 마성에 빠져 살인을 열 번도 더 저지른 녀석이니까, 죽여도 너는 양심의 가책을 느낄 필요도 없는 녀석이니까."

웨스트민스트 사원에는 입장료를 내고 들어가야 했다. 여행가이드가 나눠준 티켓을 들고 안으로 들어 갔다. 몇 발자국 앞에는 아랍인처럼 보이는 관광객이 배낭을 메고 먼저 들어가고 있었다. 이때 흑안(黑眼)이 속삭였다. "저 녀석을 죽여라."일범은 잠시 망설였지만 흑안(黑眼)의 말을 듣지 않을 수 없었다. 더구나 그는 살인마라고 하지 않았나?

일범은 그 아랍인에게 살기를 보냈고 그는 바로 쿵~하고 쓰러졌다. 이때 '꽈아앙'하는 엄청난 굉음이 울렸다. 그 아랍인이 쓰러짐과 동시에 그가 짊어지고 있던 배낭 속의 폭발물이 터진 것이었다. 웨스트민스트 사원 입구는 아수라장이 되었다. 경비원과 경찰이 출동하고 관광객들은 현장을 탈출하기 위해 뒤 엉겼다. 일범의 일행 몇 명도 부상을 입었다.

"아아, 이 악마가 나를 속였구나."

일범은 긴 탄식을 내 뱉았다.

일범 일행은 폭발 사고로 다친 사람들을 치료하느라 예정된 일정보다 하루가 지체되었다. 프랑스의 루부르 박물관(Louvre Museum)은 관광객이 너무 많아 입장하는데 시간이 많이 걸렸다. 일범은 어디를 가나 흑안(黑眼)이 다시 나타날 까 봐 마음이 조마조마하였다. 복도벽에 또는 방에 유명화가들의 작품이 많이 걸려 있었으나 그림에 별 취미가 없는 일범으로서는 지루한 관광이었다. 모나리지가 걸려 있는 방은 너무나 복잡하여 발 디딜 틈이 없을 정도였다. 작품에 손을 대는 것은 엄격히 금지되어 있었으나, 어떤 사람이 모나리자 그림 앞으로 돌진해 들어갔다. 제지하는 경비원을 제치고 훌쩍 뛰어 모나리자에 손이 닿았다. 순간 누군가가 날카로운 물체로 일범의 목을 찔러 왔다. 깜짝 놀라 몸을 피하려는 순간, "흐흐흐, 지금이야."라는 흑안(黑眼)의 소리가 들렸다. 그러자 모나리자에 손을 갖다 대려던 사람이 푹 꼬꾸라졌다. 경비원이 그를 일으켜 안았으나 그는 이미 숨이 끊겨 있었다. 일범은 의아했다. 누군가가 목을 찌르려는 것만 느꼈을 뿐 살기(殺氣)를 품지 않았는데 사람이 죽은 것이다. 그 대상도 일범이 의도와는 전혀 관계가 없지 않은가? 루부르(Louvre) 박물관을 구경하던 관광객들은 모두 밖으로 내보내졌고, 박물관은 일시적으로 폐쇄가 되었다. 일범은 머리가 복잡해졌다. 호텔에서 식사를 하고 방으로 돌아왔다. 식사를 할 때 '해산물이 좀 느끼하다.'는 생각을 했는데 속이 좀 불편했다. 화장실에 앉아 있는데, 흑안(黑眼)의 목소리가 들렸다. 모습은 보이지 않고 음험한 소리만 들렸다.

"이 녀석아. 아주 잘 했다."

"무슨 소리요? 나는 아무 짓도 하지 않았어요."

"흐흐흐, 네 녀석의 심즉살(心卽殺)수법은 이제 거의 완성단계에 왔구나. 좋아, 좋아, 아주 좋아."

"무슨 말씀이시요. 나와는 관계없는 일이요."

"심즉살(心卽殺)의 최후 단계는 위험에 처했을 때 자신도 모르게 살기를 내뿜는 단계인데, 이를 이심즉살(以心卽殺)이라고 하지. 네 놈은 이제 이심즉살(以心卽殺)의 단계에 도달한 거야. 이제부터는 내가 일을 훨씬 쉽게 할 수 있게 되었군. 흐흐흐흐흐."

일범은 도무지 정신을 차릴 수가 없었다. 여행을 중단하고 돌아가고 싶었지만 스위스를 가보고 싶어하는 아내에게 차마 '돌아가자'고 말할 수도 없는 처지였다. 이제 일정은 스위스와 이탈리아만 남았다.

'어쨌거나 버텨보자. 이제 더 이상 사고가 없어야 할 텐데.'

방으로 돌아오니, 아내가 "여보, 영국에서도 그랬고, 오늘도 또 사고가 나는 게 좀 꺼림칙합니다. 이번 여행은 왜 이런지 모르겠네요."라 했다.

일범은 딱히 할 말이 없었다. "글쎄, 어딜가나 사고는 있기 마련인데 사고가 우리 주변에서 일어나니 기분은 안 좋네."라고만 대답했다.

스위스에서는 알프스 산맥에 위치한 인터라켄(Interlaken) 호텔에서 1박을 한 후 산악열차편으로 알프스의 융프라우(Jungfrau) 봉 등정에 나섰다. 톱니 산악열차에서 보이는 웅장하면서도 정감 있는 알프스 산간 마을의 풍광이 아름답기는 했지만, 일범의 머리 속에는 흑안(黑眼)이 나타날까 봐 노심초사했다. 융프라우 정상에는 얼음 동굴이 있었다. 조심스럽게 동굴안을 걷고 있는데, 앞서가던 한 관광객이 얼음에 미끄러져 넘어졌다. 일범은 가슴이 철렁 내려 앉는 듯했으나, 다행히 큰 사고는 아니었다. '또 다시 흑안(黑眼)의 술수에 의한 내 잘못이 아닐까?' 걱정을 한 건 사실이었다. 아내가 보고싶어 하던 스위스의 알프스를 사고 없이 지나온 것에 감사했다. 다음날 이탈리아의 베네치아 (Venice)로 이동하는 버스 안에서 관광가이드가 퀴즈를 몇 개 출제했는데, 일범 부부는 퀴즈에서 1등을 하였다. 상품은 베네치아에서 곤돌라(Gondola)를 탈 때 가수가 곤돌라에 동승해서 이태리 민요를 몇 곡 불러주는 것이었다. 일범은 캐나다에서 온 부부와 함께 곤돌라에 탑승했다. 베네치아는 물의 도시답게 모든 이동 수단이 배였다. 곤돌라는 베네치아의 구석구석을 다녔는데, 동승한 가수는 먼저 '산타루치아'를 불렀다. 한 곡이 끝나자 캐나다에서 온 친구가 팁(Tip)을 얼마 주었다. 일범도 체면상 그냥 있을 수 없어 역시 팁을 좀 주었다. 가수는 다음 곡을 또 불렀다. 노래 하나가 끝날 때마다 팁을 주다 보니 곤돌라 빌리는 비용보다 팁이 더 많아질 것 같았다. 일범은 슬그머니 화가 났다. '어느 곳이든 전부 장삿속이구나. 이럴 줄 알았으면 퀴즈에서 1등을 할 필요가 없었지 않았나?' 곤돌라가 출발지로 회항하고 있었다. 가수는 마지막 곡인 듯 더욱 웅장하게 노래를 불렀다. 곤돌라에서 내릴 때쯤 캐나다인은 다시 팁을 주었다. 일범은 팁을 주지 않고 박수만 쳤다. 가수는 일범을 물끄러미 바라보다가 그만 발을 헛디디어 몸의 균형을 잃고 물속에 빠지고 말았다. 급히 가수를 건져 올려 생명에는 지장이 없었으나, 일범은 자책하고 있었다. '아, 이제 약간 기분만 상해도 남을 해치는구나. 이심즉살(以心卽殺)은 너무나 위험하구나. 어떻게 하면 흑안(黑眼)의 손아귀에서 벗어날 수 있단 말인가?'

이탈리아의 몇몇 도시를 더 관광하는 일정은 일범에게 아무런 감흥이 없었다. 일범의 마음속에는 흑안(黑眼)으로부터 벗어나는 방법을 생각하느라 다른 여유가 전혀 없었다. 그렇게 유럽 관광은 끝나버렸다. 일범은 흑안(黑眼)에게 철저히 놀림당하는 여행이었다.

제10장

대쟁투 大爭鬪

한국에 돌아와서도 일범의 생각은 마성(魔性)에서 벗어날 방법을 찾기 위해 골머리를 앓고 있었다. 그러나 마성(魔性) 더욱 강해져서 제어하기가 힘들었다. TV를 보다가 정치패널들이 나와서 자신이 속한 당을 위해 발언하는 것을 보다가, '저 놈이 거짓말을 하고 있구나.'라는 생각을 하면 어김없이 그 패널은 심장마비로 쓰러지는 사례가 너무 자주 발생했다. 경찰에서 조사를 해도 원인을 밝히지도 못하고, 계속해서 정치 패널들이 죽는 사건이 발생하자, 방송국에서는 정치 패널로 TV에 출연하려는 사람을 확보하기가 어려워졌다. 어느 날, 일범은 머리를 식힐 겸 파크 골프장으로 가고 있었다. 운전 중 라디오를 켜니, 중국의 대만 침공설을 보도하고 있었다. 반중/친미주의자이자인 새로운 대만 총통이 중국의 프레임에서 벗어나 독자적인 국가를 세우려는 정책을 강력하게 추진하자, 중국이 무력으로 대만을 제압하려는 것이었는데, '미국과 중국은 전쟁을 피하기 위해 외교적 노력을 기울이고 있다.'는 보도였다. 일범은 전쟁 같은 뉴스는 더이상 듣기 싫어 라디오를 꺼 버리고 운전에만 집중하여 파크 골프장에 도착했다. 파크 골프장은 언제나처럼 사람들로 붐볐다. '사람들은 전쟁보다는 개인의 건강에 더 관심이 많은 것이지. '일범은 일반 사람들의 일상 속에서 느끼는 분위기에 모처럼 상쾌한 기분이 들었다. 심력(心力)으로 골프볼을 컨트롤하는 기술은 이제 거의 완숙단계에 접어들었다. 골프 볼(Ball) 보다 파크 골프 볼(Ball)이 좀 무겁긴 하지만 볼(Ball)의 속도가 느리기 때문에 허공섭물(虛空攝物)의 수법을 펼치기가 오히려 쉬웠다. 기분 좋게 9홀(Hole)을 마치고, 다음 코스에 들어섰는데, 티(Tee) 위에 올려 놓은 볼 위에 흑안(黑眼)이 나타났다. 일범은 기분이 상했다.

"아니, 이제 한국 골프장에도 따라와 붙었어요?"

"흐흐흐, 이 녀석아, 내가 못 가는 곳이 어디 있느냐?"

"모처럼 기분전환 좀 하려는데 당신 때문에 완전 망치고 말았네요."

"흐흐흐, 에송이야, 너에게 하나의 지시를 내리겠다. 이번 지시만 잘 이행하면 당분간은 너의 생활에 간섭하지 않기로 하지."

"무엇을 원하시오?"

"이 녀석아, 세상을 망하게 하는 아주 좋은 기회가 왔단다. 지금 양안(兩岸)지역에 전운이 감돌고 있다. 멀지 않아 미국대통령과 중국 주석이 만날 수밖에 없는 상황이다. 두 정상이 만날 때 너는 두 사람을 한꺼번에 죽이면 되는 것이다."

"뭐, 뭐, 뭐라고요?"

"이 녀석아, 너의 심즉살(心卽殺)수법은 이제 거의 완성된 수준이 됐어.

140

충분히 가능하니까, 잘 해봐."

일범은 너무나 충격을 받아, 골프를 중단하고 집으로 돌아오고 말았다. 뉴스에 나올 정도면, 두 정상의 만남은 가까운 장래에 성사될 텐데, 그 전에 뭔가 대책을 마련하지 않으면 안 되었다. 이튿날 아침, 늘 그랬듯이 일찍 일어나 천부경(天符經)을 암송했다. '一始無始一析三極無盡本….'

일범이 처음 '천부경'을 대할 때는 그 의미를 해석해 보기 위해 별짓을 다 해 봤지만, 아무런 소득이 없었다. 첫 글자인 '일(一)'의 의미부터 알 수 없었기 때문이었다. '계속 중얼거리다 보면 뭔가를 깨달을 지도 모른다'는 생각으로 매일 아침 천부경을 암송하게 되었고, 이제는 그냥 생활 습관이 된 것이다. 이날, 일범은 첫 글자인 일(一)'을 자신도 모르게 '일범(一凡)'으로 바꾸어 보았다. 첫 구절 '일시무시일(一始無始一)'은 '일범시무시일범(一凡始無始一凡)'로 '일종무종일(一終無終一)'은 '일범종무종일범(一凡終無終一凡)'로 일범은 순간 깜짝 놀라고 말았다. 말이 되는 것이다. '일범은 처음부터 일범이다.'또, '일범은 마지막에도 일범이다.'라는 뜻이 된 것이다. '그래, 나는 처음부터 나였고, 마지막에도 나다. 세상이 어떻게 변하든 나는 나일뿐이다.' 일범은 갑자기 앞이 환해졌다. 아무리 암송해도 이해하기 어려웠던 천부경이 완전히 머리속으로 들어왔다.

'一始無始一(일시무시일): 나는 처음부터 나였다'

'妙衍萬往萬來用變不動本(묘연만왕만래용변부동본): 세상이 아무리 변해

도 본질은 변하지 않는다.'

'本心本太陽昻明人中天地一(본심본 태양앙명인중천지일): 태양이 비추는 천지의 중앙에는 내가 있다.'

'一終無終一(일종무종일): 나는 마지막에도 나다.'

'天一一地一二人一三(천일일지일이인일삼): 하늘, 땅, 사람 중에 제1은 하늘이다.'

'天二三地二三人二三(천이삼지이삼인이삼): 하늘, 땅, 사람이 결국은 같다.'

일(一)을 일범(一凡)으로 바꾸니 모든 것이 명료해졌다. 결국 일(一)은 일범이고, 일범은 천지인(天地人)이자 하늘(天)이 되는 것이다.

'나는 처음부터 존재했고, 마지막까지도 존재한다. 세상이 어떻게 변하든 나는 천지의 중심에 있으며, 끝까지 불변하는 하늘인 것이다.'

드디어 상단전(上丹田)이 열려 신명(神明)이 완성된 순간이었다.

일범은 성경 요한계시록에 나오는 아마겟돈(Armageddon) 전쟁을 떠올렸다.

'대천사 미카엘(Michael)은 결국 악마 루스벨(Ruth Bell)을 물리치지 않았는가?'

'내가 흑안(黑眼)에게 굴복할 수는 없는 것이다.'

'나는 흑안(黑眼)을 물리칠 수 있다.'

일범은 완전히 자신감을 가졌다.

일범은 '언젠가는 미국 PGA의 마스터스(Masters) 골프 대회에서 우승

142

하겠다'는 야망이 있었지만, 대회 출전 자체가 너무나 길고 험난한 길이었다. 실력만 본다면 허공섭물(虛空攝物)의 수법을 써서 통과할 자신은 있었다. 예전에는 큐-스쿨(Qualifying School)을 통해 상위 성적을 거두면 PGA에 직행하는 제도가 있었지만, 요즘은 시스템이 바뀌어서 골프대회 경력이 전무한 일범으로서는 총 4차에 걸쳐 진행하는 지역예선(Pre-Qualifying)을 거쳐야 콘페리 투어(Korn Ferry Tour)에 진출할 수 있고, 콘페리 투어에서 한 시즌 동안 상위 성적을 거두어야 PGA에 출전할 수 있으며, PGA에서 한 차례 우승경력이 있어야 마스터스 대회에 초청되기 때문에, 일범이 마스터스 대회에 나가는 것은 시간상 불가능했다. 그렇다고, 두 정상이 언제 만나는지 뉴스만 계속 듣고 있을 수도 없는 노릇이어서, 일범은 딸이 살고 있는 캘리포니아로 갔다. '혹시 무슨 기적이라도 일어날지 모른다.'는 생각으로 지역예선에 나가 볼 심산이었다. 일범이 생각하는 기적은 예를 들어 '지역예선에서 전 홀(Hole) 버디(Buddy)를 잡아, 파(Par)72 홀(Hole)에서 54타를 쳐 버리면 마스터스에서 초대해 줄지도 모른다'는 꿈같은 생각이었다. 캘리포니아 지역예선은 로스엔젤레스 CC(Los Angeles Country Club)에서 열렸다. 신청 마감 시한에 임박해서 예선 참가 신청을 한 일범은 연습할 시간도 없이 LA 골프장으로 향했다. 로스엔젤레스 CC는 개장한 지 200년 이상 된 유명 골프장으로 남 코스(South Course)와 북 코스(North Course)가 있는데, 이번 대회는 남코스와 북코스에서 번갈아 열렸다. 일범이 남코스 1번 홀(Hole)에서 티 샷

(Tee Shot)을 하는데, 많은 갤러리들의 웃음이 나왔다. 그 이유는 일범의 다소 우스꽝스러운 스윙 폼(Swing Form) 때문이었다. 일범은 한 번도 스윙 코치를 받아본 적이 없었고, 혼자 자신이 편한 자세로 볼을 쳐 왔기 때문에 어쩔 수가 없었다. 갤러리들은 폼이 이상한 80대 노인의 볼이 예상 외로 똑바로 멀리 가는데 한 번 더 놀랐다. 일범은 지금까지 수련해 온 것처럼 날아가는 볼에 심력(心力)을 기울였다. 2타에 온 그린(On Green)에 성공하였고, 퍼팅(Putting)은 허공섭물(虛空攝物)의 수법으로 버디(Buddy)를 잡아냈다. 18홀(Hole)을 경기하는 동안 일범의 수법은 한결같았다. 일범이 매 홀마다 버디(Buddy)행진을 이어가자 중계진과 갤러리들이 웅성대기 시작했다. 드디어 18 홀(Hole)경기가 끝나고, 일범은 전 홀(Hole) 버디(Buddy)로 '54 타'라는 골프역사의 신기원을 이루었다. 그러나, 이제 1 라운드(Round)를 마쳤을 뿐, 아직 3라운드(Round) 경기가 남아 있었다. 하지만, '54타'라는 기록을 세운 일범에게 기자들이 모여드는 것은 당연했다. 일범은 미국 회사에서 오랫동안 근무한 경험이 있어서 영어로 의사 소통하는 데는 문제가 없었다.

"축하합니다. 파(Par) 72에서 '54타'라는 신기록을 세우셨는데, 비결이 무엇인가요?"

"매 홀(Hole)마다 최선을 다 했을 뿐입니다."

"스윙 폼(Swing Form)이 좀 이상했는데도 볼은 멀리 똑바로 잘 날아갔습니다. 이 폼은 당신이 개발한 것입니까?"

"아니요, 원래 이 폼은 내가 어릴 때 아버지와 함께 보리타작을 할 때, 아버지가 했던 방법입니다. 나는 이 자세를 '목도리깨 타법'이라고 부릅니다."

"처음 들어보는 타법인데 누구라도 그렇게 하면 볼을 머리 똑바로 보낼 수 있습니까?"

"모든 사람이 다 가능한 건 아니겠지요."

"일범이라는 이름은 몇 년 전 월드컵에서 신(神)으로 추앙받았던 이름인데, 당신이 그 사람입니까?"

"예, 맞습니다. 그때는 축구였지만, 이번에는 골프에 도전하게 되었습니다."

전 세계 언론들은 '신(神)이 이번에는 골프계에 등장했다.'며 대서특필하고 있었다. 대회 이틀 째에는 북 코스(North Course)에서 2라운드(Round)경기가 이루어졌는데, 모든 취재진들은 첫 홀(Hole)부터 일범에게 카메라를 들이대고 있었다. 1번 홀 첫 티 샷(Tee Shot)을 하려는 데, 볼 위에 흑안(黑眼)이 나타났다.

"아니, 이 중요한 순간에 왜 또 당신이 나타난 거요?"

"이 애송이녀석아, 오늘이 무슨 날인지 모르냐?"

"무슨 날인데요?"

"미/중 정상이 만나는 날이야. 이 녀석아. 빨리 내 지시를 이행해야 할 것 아니냐?"

일범은 흠칫했다. '그렇구나. 바로 오늘이구나.'라고 생각했지만, '이번 에는 굴복하지 않겠다'고 다짐했다.

"당신의 지시보다 이번 골프가 내게는 더 중요하니 비키시오."라 말하고 는 '一始無始一(일시무시일)'을 외치며 드라이버(Driver)를 힘껏 휘둘렀다.

볼을 맞추기 위한 스윙(Swing)이 아니라, 흑안(黑眼)에게 휘두른 것이 었다. 흑안(黑眼)은 일범의 드라이버(Driver)가 자신에게로 오자 혼비백 산하며 피했다. 취재하던 기자들은 일범이 알아듣지 못할 말을 하며 시 간을 끌더니, 결국 헛스윙(Swing)을 해 버리자 할 말을 잃었다. 일범은 첫 홀(Hole)에서 벌타를 받았다. 2번 홀(Hole)에서도 비슷한 일이 벌어 졌다. 일범은 '一終無終一(일종무종일)'을 외치며, 볼 위에 앉아 있는 흑 안(黑眼)과 볼을 함께 겨냥해서 드라이버(Driver)를 휘둘렀다. 흑안(黑 眼)은 일범이 '볼을 치는 것'으로 방심을 했다가 다치고 말았다. 일범의 볼 은 워터 해저드(Water Hazard)에 빠져 또 벌타를 받았다. 3번 홀(Hole) 은 흑안(黑眼)이 나타나지 않아 무난히 지나갔으나, 4번 홀(Hole) 티 박 스(Tee Box)에 섰을 때, 일범은 오른쪽 나뭇가지에 앉아 있는 흑안(黑眼) 을 발견했다. 취재진이 둘러싸고 있는 상황에서 일범은 '人中天地一(인 중천지일)'이라 크게 외치면서, 볼을 흑안(黑眼)에게로 날려보냈다. 일범

146

은 신명(神明)을 완성시키면서 심즉성(心卽成)의 능력을 갖게 되었다. 악마의 심즉살(心卽殺)은 '살기만 품어도 상대방을 죽이는 수법'이지만, 신(神)의 심즉성(心卽成)은 '마음먹은 대로 이루어지는 수법'이다. 일범의 볼은 나뭇가지에 앉아 있는 흑안(黑眼)을 정확히 명중시켰다. 취재기자들이 화들짝 놀라는 와중에, 일범의 볼이 날아간 나뭇가지에서는 검붉은 핏덩이가 툭 떨어졌다. '드디어 해치웠구나. 이것이 최후의 전쟁 아마겟돈(Armageddon)이기를 바란다.' 일범은 가슴이 후련해짐을 느꼈다. 흑안(黑眼)으로부터 한 덩어리의 피가 떨어지는 것을 봤는데, 어쩐 일인지 흑안(黑眼)의 피는 4번홀 전체로 퍼져 나갔다. 급기야 피는 개울을 따라 흘러 태평양 바다로 이어졌다. 일범을 따라다니던 취재진들은 이런 황당한 상황을 직접 중계하고 있었다. 골프대회는 중단되고, 취재진들은 일범에게 몰려들었고, 일범은 기자들의 쏟아지는 질문에 대답할 수밖에 없었다.

"저 피는 무엇입니까?"

"그는 악마입니다."

"악마라고요? 악마라는 걸 어떻게 알아요?"

"그는 스스로 '블랙아이(Black Eye)'라고 했으며, 나는 그를 흑안(黑眼)이라고 불렀습니다."

"그가 악마라는 증거가 있습니까?"

"그는 '세상의 악인들 모두에게 마성(魔性)을 심어 놓았다'고 했습니다.

나도 그의 마성(魔性)에 걸려 많은 나쁜 짓을 했습니다."

"당신도 악마의 수하였습니까?"

"악마의 수하라고 하기보다는 악마가 나에게 심은 마성(魔性)때문에 악한 짓을 하게 된 것이지요."

"그런데, 당신은 악마라고 하는 대상을 죽이지 않았습니까?"

"예, 드디어 악마를 물리쳤네요."

"그가 악마라면, 악마를 물리친 당신은 신(神)입니까?"

"분명히 말하지만, 나는 여러분들이 의심하시는 재림 예수는 아닙니다. 그러나, 악마를 물리칠 수 있는 존재는 신(神)뿐이지 않겠습니까?"

"당신은 방금 스스로 신(神)이라고 하셨습니다. 그것을 어떻게 증명하실 겁니까?"

"방금 악마를 물리친 게 증거 아닙니까?"

"그가 악마라는 증거가 없잖아요?"

"내가 설명을 해 드렸는데도 못 믿는다면 할 수 없지요. 그러나 앞으로는 악마에게 마성(魔性)을 받은 악인들은 더 이상 이 세상에서 살 수가 없을 것입니다."

"당신이 악마라고 하는 존재를 물리칠 때, 드라이브를 휘두르면서 이상한 주문을 외쳤는데 그것은 무엇입니까?"

"그것은 한국(桓國)에서 예부터 전해져 오는 천부경(天符經)이라는 경전의 일부인데, 나는 그 천부경에서 악마를 물리칠 수 있는 실마리를 찾았

148

습니다."

"좀 다른 질문입니다만, 당신은 어제 '전 홀(Hole) 버디(Buddy)'라는 대기록을 세웠습니다. 그리고 오늘은 스스로 '악마를 처치했다고 합니다. 당신이 이번 골프대회에 참가한 목적은 무엇입니까?"

"나는 원래 '마스터스 골프대회에 나가서 우승해 보겠다.'는 욕심이 있었습니다. 그래서 예선전에 참가하게 된 것인데, 이 골프장에서 악마를 만나게 된 것이고 악마와 쟁투를 벌이게 된 것입니다. '최후의 전쟁 아마겟돈(Armageddon)'이라고 할 수 있습니다."

"당신은 캐나다의 루이스 호수에서 실종되었다가 세계의 이목(耳目)을 처음 받았습니다. 그리고 올림픽과 월드컵에서 신(神)으로 추앙받았습니다. 그리고 이제는 스스로 신(神)이라고 주장하고 있습니다. 그러면, 신(神)으로서 당신의 다음 목표는 무엇입니까?"

"나는 세상을 바꾸겠습니다. 악인(惡人)은 없고, 오로지 선인(善人)만 사는 세상을 만들겠습니다. 그리하여 세상 사람 모두가 내 가족처럼 서로 사랑하고, 화목하게 지내는 범세계국가를 건설하고 싶습니다."

"당신이 신(神)인지 아닌지 우리는 알 수 없습니다. 그러나 앞으로는 세계 모든 언론이 당신의 일거수일투족을 취재하고 감시할 것입니다. 그래도 괜찮겠습니까?"

"취재는 어떻게 하셔도 관계없습니다. 그동안 저에게 많은 관심을 가져주신 점 감사드립니다. 마스터스 대회는 여러분의 기대에 부응하지 못하

겠습니다. 나는 여기서 경기를 포기하겠습니다. 다음에 다시 만날 날이 반
드시 있겠지만 취재를 위해서 나를 만나는 것은 쉽지 않을 것입니다. 항상
건강 하십시오."

일범은 말을 마치자, 능공허도(凌空虛道)의 수법으로 하늘을 날아 경기
장을 떠나 버렸다. 아직 물어볼 것이 많은 기자들은 일범이 사라진 하늘만
쳐다보고 있었다. 세계의 모든 언론은 일범에 관한 기사밖에 없었다. 세계
모든 언론과 방송사에서는 '그가 신(神)이냐? 아니냐?'는 화제로 갑론을박
이 이루어졌다. 다만 일범이 어디에 있는지 찾아낼 수가 없었기 때문에 전
세계의 모든 언론사들은 일범이 '한국으로 돌아갔을 것'이라 생각하고 한
국에 엄청난 취재진을 파견했다.

제11장

신神의 나라

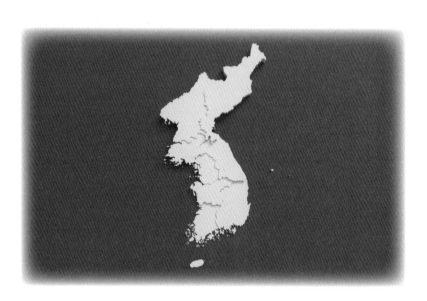

일범은 이제 80세가 되었다. 50세에 우연히 시작한 수련이 30년이 지난 지금 신(神)의 경지에 오른 것이었다. 지난 30년을 돌이켜 본 일범은 앞으로 무엇을 해야 할 것인가를 생각했다. 옛날 선인(仙人)들처럼 수명을 다하면 승천(昇天)해 버리는 것도 한 방법이겠지만, '이 무한한 능력을 이 세상을 위해 사용하는 것이 신(神)이 해야 할 사명'이라는 생각이 들었다. 수년 전 올림픽 때 생겨난 범교(凡敎)라는 단체는 지금도 여전히 매주 토요일 마다 집회를 열고 있었다. 특별히 이 단체를 이끄는 지도자가 있는 것도 아닌데, 그저 일범을 신(神)으로 믿는 사람들이 '신(神)께서 자신들을 구원해 줄 것'이라고 믿으며 매주 모여 서로 격려하고 응원하며 생각을 공유하고 있는 것이었다. 일범은 깊은 생각 끝에 범교(凡敎)의 집회에 처음으로 참석했다. 여러 사람들이 삼삼오오 모여 일범의 신위(神位)에 대한 얘기도 하고, '언제 신(神)이 올 것인가?'에 대한 얘기도 나누고 있었다. 일범의 주위에 있던 한 사람이 일범을 한참 쳐다보더니, "선생님은 혹시 일범 신(神)이 아니십니까?"라고 물었다. 일범이 "신(神)? 이름이 일범인 것은 맞습니다."라고 대답하자 주위에 모여 있던 사람들이 일제히 환호성을 질렀다.

"와아, 여기에 신(神)께서 오셨다!"
"신(神)께서 오셨다!"

집회에 참석한 사람들은 동시에 일범 주위로 몰려 들었다. 그러자 나이가 지긋이 든 노인 한 사람이 좌중을 진정시키면서 큰 소리로 외쳤다.

"여러분, 잠시 조용히 해 주십시오, 드디어 우리 집회에 신(神)께서 납시었습니다. 우리가 여러가지 궁금한 점도 많으니, 오늘 신(神)께 모든 걸 여쭤 보기로 합시다. 우선 단상을 하나 마련하는 게 좋겠습니다."

많은 사람들이 이에 동조하여 옆으로 비켜섰다. 단상이 마련되고 일범이 중앙에 자리를 잡고 앉았다. 처음 좌중을 진정시켰던 70대 노인이 임시 사회 역할을 하였다.

"여기에 모인 사람들은 신(神)께서 올림픽 때 보이신 능력을 보고, '우리를 구원해 주실 신(神)이 분명하다'고 확신한 사람들입니다. 올림픽 이후 우리들은 매주 이렇게 모였으며 항상, 신(神)께서 오시길 기다리고 있었습니다. 저희에게 가르침을 주십시오."

154

일범은 좌중을 한번 둘러보고 말하기 시작했다.

"나를 신(神)으로 받들고 있다니 감사합니다. 우선 이 모임에는 모임을 이끄는 지도자가 있습니까?"

"아닙니다. 우리들은 모두 동등한 사람들이며, 신(神) 외에는 누구의 지시도 따르지 않습니다."

"그렇군요. 여기 오신 분들을 범교(凡敎)라고 들었는데 맞습니까?"

"예, 그렇습니다. 여기 모인 사람들은 기독교 신자였던 사람도 있고 불자(佛子)였던 사람도 있으며, 종교가 없는 사람들도 있습니다. 그러나, 신(神)께서 존함이 일범(一凡)이라고 하셔서 자연스럽게 범교도가 된 것입니다."

"나는 종교가 없으며, '교(敎)'라는 데 약간 거부감이 있어서 '범교도'라고 하는 것은 별로 듣기가 좋지 않네요. 나는 오늘부터 여러분들을 한국인(桓國人)이라 부르겠습니다. 우리말 '한'은 '하나, 하늘, 크다, 바르다, 힘차다, 같다, 요긴하다, 뛰어나다' 등의 좋은 뜻이 많이 있습니다. 그 '한'이라는 말을 한글이 없을 때 한자로 적었는데, '韓'이나, '桓' 또는 '馯'으로 적기도 했습니다. 나는 한자로는 '桓'으로 적고 싶습니다. 지금은 대개 '환'으로 읽고 있는데, '환'으로 읽지 말고, 다양한 좋은 의미가 있는 '한'으로 읽어 주세요. 한자는 창힐(倉頡)이라는 사람이 만든 것으로 전해지는데, 알고 보면 창힐(倉頡)도 우리민족 동이족(東夷族) 사람입니다. 중국 한(漢)나라 진시황(秦始皇)때부터 한자(漢字)라 불렀지만, 사실은 중국 글자가 아니

고 우리 조상이 만든 동양의 문자였습니다. 여러분들은 모두 '한국인(桓國人)입니다.''

모인 군중들은 '와아' 하는 함성과 함께 박수를 한참 동안 쳤다. 임시 사회를 보는 노인이 일범에게 질문했다.

"죄송하지만 모두가 궁금해하고 있는 것을 하나 여쭙겠습니다. 신(神)께서는 정말 우리를 구원해 주실 신(神)이 맞습니까?"

일범은 헛기침을 한번 한 후 차분하게 말했다.

"나는 한국에서 태어나, 한국에서 자랐고, 대학 졸업 후에 40년 이상 직장생활을 한 평범한 사람이었습니다. 나이 50이 되었을 때, 뜻한 바가 있어 심신수련을 시작했는데, 그 후 30년 동안 여러 인연이 있어, 올림픽, 월드컵 등에서 이름을 떨친 바 있습니다. 하지만 현재는 신(神)이 아니면 할 수 없는 능력을 보유하게 되었습니다. '구원한다'라는 말의 의미는 잘 모르겠으나, 모든 세상 사람들이, 착하고, 평화롭게, 화목하면서 살아갈 수 있도록 할 자신은 있습니다. 하지만 나를 신(神)이라고 부르는 것은 듣기가 거북합니다. 그냥 '선생님' 정도가 좋겠습니다. 사실 나는 남을 가르치는 것도 참 좋아합니다."

156

군중들은 다시 한번 함성과 함께 박수를 쳤다.

"신(神), 아니, 선생님, 저희들은 선생님과 밤새도록 얘기를 하고 싶지만, 선생님의 시간이 어떠실 지 모르겠습니다."

"나도 한국인(桓國人)들과 몇 날 며칠을 계속 얘기하고 싶지만, 모두 각자의 생활이 있을 테니, 매주 토요일에 오늘처럼 만나 얘기하는 게 어떻겠습니까?"

"선생님, 저희들이야 감사하죠. 그런데, 매주 이렇게 야외에서 모이는 것이 좋을런지요? 아니면 우리도 넓은 실내 공간이 필요하지 않겠습니까?"

"예수도 산상(山上)에서 제자들을 가르쳤는데 야외면 어떻습니까?"

"선생님, 지금은 날씨가 따뜻해서 괜찮지만, 추워지면 힘들 것 같습니다."

"그렇겠네요? 추워지면 한국인(桓國人)들이 많이 힘들고 불편할 것 같네요."

"우리 한국인(桓國人)들이 십시일반 자금을 좀 모아서 건물을 하나 빌려보도록 하겠습니다."

"아니오, 아니오, '돈을 모은다는 것'은 교회나 사찰에서 헌금을 받는 것과 같습니다. 나는 그런 것을 싫어합니다."

"선생님, 하지만 요즘 사회가 돈이 없으면 아무것도 할 수 없지 않습니까?" 일범은 평생 가난하게 살아왔지만 아껴 쓰면 생활하는데 큰 지장은 없었다. 그런데, 오늘처럼 큰 돈이 필요할 경우는 예상 못한 일이라 난감해졌다.

"그 문제는 다음주에 만나서 구체적인 방안을 세워봅시다."라고 마무리
할 수 밖에 없었다.

그렇게 한국인(桓國人)들과 일범의 첫 만남이 끝났으나, 뉴스가 된 것
은 그 다음날이었다. 어느 유튜버가 한국인(桓國人)들과 일범의 만남을
촬영해서 '신(神)과의 대화'라는 제목을 달아, 영어로 된 자막까지 넣어서
유튜브에 영상을 올렸고, 이 영상은 엄청난 조회수를 기록하고 있기 때문
이었다. 일범의 생활은 여느 때와 다름없었으나, 크게 달라진 것은 '거의
매시간 뉴스에 등장한다.'는 점이었다. 가능한 한 기자들을 만나지 않으려
노력했지만, 집 앞에는 기자들이 항상 몰려와 있었다. 기자들은 일범을 직
접 만나지 못하자 피켓에 아예 질문을 써서 들고 있었다.

"당신은 정말 신(神)입니까?"
"당신의 능력은 구체적으로 어떤 것들이 있습니까?"
"범세계국가는 어떻게 건설할 계획입니까?" 이러한 것들이었다.

토요일, 두번째 만남이 있는 날이었다. 지난 한 주 동안 유튜브 조회수
는 전 세계에는 10억 뷰가 넘었고 한국 내에서도 1,500만 뷰를 넘겼다. 만
남의 장소는 여전히 야외였다. 전주(前週)와 똑같이 단상의 가운데에 일

범이 앉고 사람들이 둘러앉았다. 전주(前週)와 다른 점은 멀리서도 잘 들릴 수 있도록 누군가가 마이크와 스피커를 설치했다는 점이었다. 또한 이미 예상한 바였지만, 전 세계 방송국 중계진과 함께 많은 기자들도 몰려들었다.

"선생님, 지난 주에 이어 실내 집회장을 마련하는 문제를 먼저 말씀해 주십시오."

"좋아요, 집에 가서 많이 생각해 보았죠. 나는 평생을 풍족하게 살아오지는 못했지만, 다행히 지난번 전국체전, 올림픽, 월드컵 등에서 수입이 좀 생겼습니다. 내가 가진 돈을 전부 내놓기로 아내에게 허락받았습니다. 이 돈으로 땅을 조금 빌려 천막이라도 쳐 보죠 뭐."

"선생님, 감사합니다. 저희들 중에도 좀 여유 있는 분들이 계실 것으로 생각됩니다. 잘 의논해서 모자라면 십시일반으로 조금씩 보태도록 하겠습니다."

"말은 고마우나, 나는 지난주에 말했듯이 '헌금'같은 걸 싫어합니다. 자기 먹을 것만 알아서 준비하면 될 것입니다."

"선생님의 뜻은 잘 알겠습니다. 지난주에 선생님께서 '모든 세상 사람들이 함께 화목하게 살아갈 수 있도록 하겠다'고 하셨는데, 저희들이 무엇을 하면 되는지 가르침을 주십시오."

"너무 서두르지 마세요. 그것은 시간이 지나면 그때 그때 상황에 맞추어 보여 줄 것이며, 한국인(桓國人)들에게도 도움을 청하겠습니다."

"선생님의 능력은 저희가 직접 보고 들어서 잘 알고 있습니다만, 저희들은 어떻게 해야 선생님의 만분지 일이라도 따라갈 수 있겠습니까?"

"그것은 어려운 문제입니다. 시간, 노력, 인연, 운(運) 모든 것이 맞아져야 하기 때문에 그렇습니다. 능력의 문제는 나에게 맡겨 주세요. 지금의 나에게는 불가능한 게 없습니다."

"믿습니다. 선생님, 부디 저희들을 구원해 주십시오."

"허허, 나는 여러분들이 생각하는 구원자는 아닙니다. 좀 더 정확히 설명해 드리지요. 성경에는 두 분의 신(神)이 묘사되어 있습니다. 한 분은 '사랑과 희생의 신(神) 예수(Jesus Christ)'이고, 다른 한 분은 '전쟁과 복수의 신(神) 여호와(Jehovah)'입니다. 나는 이 세상 모든 사람이 선하고, 정직하고, 서로 사랑하며, 함께 화목하게 살아갈 수 있도록 할 것입니다. 이 목표를 이루면 나는 예수 같은 신(神)이 될 것이지만, 이 목표를 이룰 때까지는 여호와 같은 신(神)이 될 것입니다."

자리에 모인 모든 군중은 일범의 단호한 어조에 경외심과 두려움을 함께 느꼈다.

"오늘 나는 먼저 자리를 비울 테니, 여러분들이 서로 잘 의논해서 나를 도와줄 한국인(桓國人)을 뽑아주세요. 20대부터 70대까지 각 세대별로

2명씩, 총 12명을 선발해 주세요."라는 말을 남기고는 능공허도(凌空虛
道)의 수법으로 하늘을 날아가 버렸다. 집회에 참석한 한국인(桓國人)들
과 몰려든 취재진들은 입을 벌린 채 하늘 저쪽만 쳐다보고 있었다. 일범과
한국인(桓國人)들의 두 번째 만남은 유튜브뿐만 아니라, 방송국에서 직접
촬영한 영상이 전 세계로 퍼져 나갔다. 제목은 '나는 여호와(Jehovah)로
시작해서 예수(Jesus Christ)로 끝낼 것이다'였다.

일범과 한국인(桓國人)들의 세번째 만남을 중계하기 위해 국내외의 방
송사들에서 온 엄청난 중계진이 몰려들었다. '그는 과연 신(神)인가?'라는
이슈는 방송사뿐만 아니라 모든 세계인에게 초미의 관심사였다. 특히 기
독교계는 여호와(Jehovah)와 예수(Jesus Christ)가 직접 언급됨으로써
'재림한 예수'라는 의견과 '사이비 종교 교주'라는 의견이 팽팽히 맞서고 있
었다. 선발된 12명의 대표를 비롯하여 수많은 한국인(桓國人)들도 일범을
기다렸으나, 일범은 끝내 나타나지 않았다. 기자들은 일범의 자택과 친,
인척이나 친구의 집까지 다 찾아다녔으나 일범의 행방은 묘연하였다. 4주
째에도 5주째도 일범은 나타나지 않았다. 몰려들었던 중계진은 철수했고,
기자들의 관심도 많이 수그러들었다. 하지만 약 1개월 사이에 유튜브 조회
수는 전 세계에 80억 뷰, 한국에서 만도 4천만 뷰를 기록하였다. '전 세계
인이 다 보았다'고는 할 수 없으나, 한번 이상 계속해서 일범의 영상을 클
릭하는 사람이 많아졌다는 증거였다.

어느 날, 처음 일범과의 만남에서 임시 사회를 보았던 70대 노인은 갑자기 걸려온 전화에 어쩔 줄을 몰라 했다. 그도 12명의 대표단 중 한명이었다.

"아아, 선생님, 지금 어디십니까? 저희들의 속이 새까맣게 타고 있습니다."

"언론의 관심이 너무 지나쳐서 잠시 몸을 피했습니다. 다음주 수요일 정오에 임진각의 평화누리공원에서 12명의 한국인(桓國人)들을 만나고 싶으니 모두 나와주세요."

일범과 12명의 한국인(桓國人) 대표들은 임진각 평화누리공원에서 조용히 만났다. 일범은 12명과 악수를 나누며 면면을 찬찬히 살펴본 후 말했다.

"내가 여러분들을 어떻게 호칭하는 게 좋겠습니까?"

"저희들을 제자라 불러 주십시오." 20대 대표 중 한 명이 먼저 말했다.

"그건 어디에서 많이 들었던 것 같은데, 나는 새로운 것을 시도하고 싶습니다."

"그러면 선생님께서 정해주시는 대로 하겠습니다."

"좋아요, 내가 여러분들에게 이름을 지어 주겠습니다. 내가 지난번에 우리말 '한'의 의미에 대해 설명한 적인 있는데, 한인천제, 한웅천황 시대에는 '汗'을 '한' 또는 '칸'으로 발음했는데, '왕'이라는 뜻입니다. 나는 여러분들을 일한, 이한으로 부르겠습니다. 20대면, 이일한, 이이한, 30대면 삼일한, 삼이한 이런 식으로 됩니다. 물론 70대면 칠일한과 칠이한이 되겠지요. 팔십대는 없으니 '파리한'은 없어 다행입니다."

좌중은 일범의 농담에 웃음이 터졌다. 그리고 모두들 새 이름을 받은 것에 대해 감사를 표했다. 일범은 각 세대별 일한, 이한들과 일일이 손을 잡으며 인사를 나누었다. 그들은 미처 몰랐지만 일범은 인사를 나누며 안법(眼法)과 심력(心力)으로 이들 모두의 성품과 기질을 다 들여다보았다.

"여러분, 우선 우리의 터전은 임진강 옆에 마련하는 게 좋겠습니다. 연천군에서 파주시로 흐르는 임진강은 문산읍에서 한강과 만납니다. 이곳은 북한과의 접경지역이라, 통일 후 남북의 균형발전을 위해 주요한 지역이 될 것입니다. 일한, 이한들이 힘을 합쳐 임진강과 감악산을 잇는 곳에 터를 잡아 주세요." 좌중이 눈빛을 반짝이며 각오를 다짐하는 중에 일범은 말을 이어갔다.

"다 알다시피 올해는 대통령 선거와 국회의원 선거가 동시에 치러집니다. 나는 나 혼자만의 능력으로 마음대로 할 수도 있지만, 우리가 민주주의 국가인 만큼 어느 정도의 절차를 거치고 싶습니다. 때가 되면 나 혼자 처리할 일이 있을 수는 있겠지요. 우선 나는 이 나라의 대통령이 될 것이며, 우리 한국인(桓國人)들은 새 국가 건설의 중추세력이 될 것입니다."

일한, 이한들은 일제히 손에 땀을 쥐었고, 칠일한(七一汗)이 말을 이었다.

"선생님, 선거를 치르려면 우선 창당(創黨)을 해야 합니다."

"그렇지요. 창당하고 후보 등록을 해야지요."

"당명은 뭐라 할 건지요?

"나는 당(黨)이라는 말이 파당(派黨)과 당파(黨派)를 연상시키기 때문에 좋아하지 않습니다. 그냥 '한국인(桓國人)'이라고 합시다."

"선생님, 우리의 터전 마련과 창당 작업, 그리고 선관위 등록 등의 일은 저희가 알아서 처리하겠습니다. 또 다른 분부는 없으신지요?"

"일을 추진하다가 어려운 점이 있으면 말하세요. 이제는 더 이상 언론을 피하지 않고 당당히 나서는 것이 좋을 듯합니다."

선거일이 채 6개월도 남지 않은 상황에서 '한국인(桓國人)'은 창당을 선언하고 당원등록을 시작했다. 그리고 대통령 후보를 내고 '전국적인 국회의원 선거에도 참여하겠다'고 발표했다. 기존의 정치권에 환멸을 느낀 사람들이 구름처럼 몰려들었다. 대다수는 일범의 신력(神力)을 믿는 사람들이었으나 '한국인(桓國人)'이라는 당명이 마음에 들어서 가입한다.'는 사람도 많았다. 기존 정당에서는 '한국인(桓國人)'의 바람이 워낙 거세니 크게 위기감을 느꼈다. '운동 잘 한다고 정치와 경제를 잘 아는 것은 아니다.'라는 기조로 한국인(桓國人)을 깎아내렸다. 모 종교단체에서는 '구국기도회'

를 열고, "사이비 종교 교주가 나라를 망치려 하고 있다. '말세가 되면 악마가 나타난다.' 했으므로, 이는 그 징조가 틀림없다. 반드시 심판을 내리자."라며 대중들을 선동했다. 칠일한이 일범을 찾아왔다.

"선생님, 그 종교지도자의 발언은 너무나도 직설적입니다. 인신공격도 이런 공격은 처음 봅니다. 정치인지 종교인지 분간이 가지 않습니다. 강력한 대책이 필요합니다."라고 했다. 일범은 칠일한의 말을 듣고는,

"그 문제는 내가 처리하겠습니다. 현재 당원 가입 현황은 어느 정도입니까?"라고 물었다. 칠일한은 상기된 얼굴로 "이미 50만 명이 넘었으며 계속 늘어나고 있는 추세입니다."라 대답했다. 일범은 "압도적인 당선을 하려면, 유권자수를 4천만 명으로 추정할 때, 우리 한국인(桓國人)을 지지하는 사람수를 2천만 이상으로 늘려야 할 것입니다. 내가 모종의 조치를 취하겠습니다."라고 말했다.

다음날, '구국기도회'를 주최한 종교단체지도자는 자택에서 주검으로 발견되었다. 경찰이 사인을 분석했지만, 주거침입 흔적이나 타살 흔적은 찾을 수 없었고, 사인은 심장마비로 결론이 났다. 이튿날, 어느 방송사의 기자 한 사람이 흥미 있는 기사를 내보냈다. 그의 주장은 '최근에 일어났던 여러 심장마비 사건에 연관성이 있다'고 하였다. 재판정으로 들어가다가 심장마비로 죽은 통일운동기, 방송 인터뷰 도중 심장마비를 일으킨 유력

정치인, 대담 중 심장마비를 일으킨 정치패널, 그리고 이번에 변을 당한 종교지도자 모두가 피습이나 외부인의 소행으로 밝혀진 것도 없으며, 평소에 심장에 문제가 없었는 데도 불구하고, 모두가 '갑작스러운 심정지'라는 공통점이 있다는 주장이었는데 상당한 설득력이 있어서 각 방송사에서 앞다투어 보도하기 시작했다. 많은 전문가들의 공통된 견해는 '보이지 않는 악마의 소행'으로 모아졌다. 반면에 '천벌을 받았다'는 의견도 만만치 않았다. 어느 방송사에서는 '악마냐, 천벌이냐'라는 주제로 패널들 간의 설전이 벌어졌다. 악마의 짓이라 주장하는 사람들은 '죄의 유무를 판단하는 것은 법정에서 가리는 것이지 말 한마디 잘 못 했다고 바로 죽는다는 것은 악마가 아니면 할 수 없는 짓'이라 주장하였고, 천벌이라 주장하는 사람들은 '죽은 사람들이 죽을 만한 짓을 했기 때문에 천벌을 받은 것이며, 그 사람들의 평소 언행이 착했다면 죽었을 리가 없다'고 주장하였다.

선거유세가 본격화하였다. 기존 정당들은 중앙당에서 실현 가능성 여부와는 관계없이 유권자의 관심을 끌 만한 화려한 공약을 내걸고 각 지역에 출마한 국회의원들도 저마다 지역 공약을 난발했지만, 한국인(桓國人)의 공약은 간단 명료했다. '범죄 없는 나라, 살기 좋은 나라' 그리고 '헌법 개정'이었다. 어떻게 범죄를 없애겠는지, 어떻게 살기 좋은 나라를 만들겠는지, 헌법을 어떻게 개정하는지 등 세부적인 내용을 없었다. 다만 각 지역에 출마한 국회의원 후보자들은 한결같이 '신(神)계서 알아서 하실 것'이라

166

고만 했다. 국회의원 출마자들의 이력도 기존 정당과는 전혀 달랐다. 정치인 출신은 한 사람도 없었다. 대신, 한 분야에 일가견을 이룬 전문가들, 기술을 선도하는 기업인 출신, 국가의 안보를 지키던 군인 출신, 국민의 생명을 지키던 의료인 출신, 국민의 안전과 재산을 지키는 경찰관과 119대원 출신, 세금 꼬박 꼬박 내는 근로자 출신, 이웃을 사랑하는 기부문화에 앞장선 사람들, 한국문화를 세계에 전파하는 문화인 출신, 국위를 선양한 스포츠인 출신, 묵묵히 생업에 최선을 다하는 소시민 출신들이 많았다. 대통령 후보자 합동 토론회가 열렸다. 기존 정당 후보자들은 구체적인 공약 내용이 없는 한국인(桓國人) 후보 일범을 주로 공격하였다. 그 이유는 여론 조사에서 일범 후보가 70% 가까운 지지율을 보이고 있었기 때문이었다. 어느 후보는 건드리지 말아야 할 부분을 건드리고 말았다. '얼마 전 방송에서 이슈가 되었던 심장마비로 인한 사망사건에 일범 후보가 관계된 것이 틀림없다'고 주장하면서 "일범 후보가 그 악마가 아니냐?"라고 소리쳤다. 사회자가 발언을 만류했지만, 흥분한 그 후보는 "나는 평생 신앙인으로 살아왔다"고 말하다가 그대로 쓰러져 버렸다. 긴급히 병원으로 이송되었지만 '흥분에 의한 갑작스러운 심장마비'로 결론이 났다. 전 국민은 경악에 휩싸였다. 대통령 후보자의 합동연설회에서 후보자 한 사람이 현장에서 즉사하는 사건은 도저히 있을 수 없는 일이었기 때문이다. 이 사건은 외국 언론에서도 주목했다. 몇 년 전 발생한 이스라엘 수상의 죽음과 연관지어, '신(神)이라 추앙받는 일범이 그 배후일지도 모른다.'는 사설이 많이 실렸다. 한국 방송사에서는 투표 전 마지막 여론 조사를 실시했는데, 한국인(桓國人)의 일범 후보와 한국인(桓國人)에 속한 국회의원 후보가 80% 가까운 지지율을 보였다. '왜 한국인(桓國人) 후보를 지지하는가?'라는 설문에는 40%가 '일범을 신(神)이라 믿어서'였고, 30%는 '기존 정치인들이 싫어서'였으며, 나머지 30%는 '겁이 나서'였다.

선거결과는 한국인(桓國人) 후보가 전 지역에서 90%의 득표를 한 압도적인 승리였다. 한 신문사설에는 '신(神)과 인간의 대결'이라는 제목이 실렸고, 다른 신문에서는 '신(神)의 나라'라는 기사가 실렸다. 일범은 당선 소감을 밝히면서, "모든 세상 사람들이, 착하고, 평화롭게, 화목하면서 살아갈 수 있도록 제가 가진 능력을 최대한 발휘하겠습니다. 모든 일은 순서가 있으므로, 우선은 우리나라를 '범죄 없는 나라, 살기 좋은 나라'로 반드시 만들겠습니다. 그를 위하여 제일 먼저 헌법과 법률부터 개정하겠습니다. 가능한 빠른 시일 내에 나라를 바로 세운 후에는 눈을 밖으로 돌리겠습니다. 그 얘기는 지금 당장 할 수는 없지만 지켜봐 주십시오. 나에게는 불가능이 없습니다."라고 광오하게 선언하였다. 전 세계의 언론도 한국의 새 대통령 당선은 대단한 관심사였다. 첫째는 '그가 과연 신(神)인가?' 하는 점이고, 둘째는 그가 말한 '세상 모든 사람이 다 함께 잘 살수 있도록 하겠다.'는 말이었다. 한국(韓國)의 대통령이 왜 세상 모두를 언급하는지 이해가 되지 않았기 때문이었다. 토요일에는 '한국인(桓國人)'의 새로운 터전으로 자리 잡은 임진강 가에서 '한국인(桓國人)'들의 축제가 있었다. 특이한 것을 자신이 먹을 것을 모두 스스로 가져왔다는 점이었다. 방송과 신문에서는 '한국인(桓國人)들이 도시락을 싸 가지고 소풍을 왔다'고 보도되었다. 일범은 이 자리에서 12명의 일한, 이한들을 모두 비서관으로 기용했다.

대통령에 취임한 일범이 가장 먼저 한 일은 헌법 개정이었다. 국회의원의 90%가 한국인(桓國人)이었기 때문에 무슨 법을 어떻게 개정하든 거칠 것이 없었다. 야당에서는 '일당 독재다. 여기가 북한이냐?'라며 비판을 했지만 일범의 추진력을 막을 수는 없었다. 그런데, 야당도 놀란 것은 개정 헌법의 첫번째 골자가 야당이 주장해 온 내각책임제였다. '아니, 저렇게 강력한 대통령이 왜 스스로의 권한을 포기하고 내각책임제로 헌법을 바꾸려고 하는지 아무도 이해하지 못했다. 그러나 일범의 생각은 달랐다. 그동안 제왕적 대통령제를 비판하는 국민여론을 반영하여 내각책임제로 바꾸어도, 절대적 권능을 가진 일범에게는 아무런 문제가 되지 않을 뿐만 아니라, 오히려 골치 아픈 국가 운영에서 한 발 물러설 수 있기 때문이었다. 두 번째는 '국호를 바꾼다'는 것이었다. 영문명 KOREA는 그대로 쓰되, '대한민국(大韓民國)을 한국(桓國)으로 바꾼다'는 것에 대해 일반 국민들도 어리둥절했다. 세 번째는 '국회의원의 수를 200명으로 하고 불체포특권은 폐지한다.'는 것인데 대부분의 국민들도 환영했다. 일범은 개정헌법이 국민투표에 부쳐시기 진에 대국민 연설을 하면서 국호 변경에 대해 특별한 설명을 덧붙였다.

"우리민족의 역사는 일곱 분의 한인천제(桓因天帝)가 다스린 3301년의 한국시대(桓國時代), 열여덟 분 한웅천황(桓雄天皇)이 다스린 1,565년의 신시(神市) 개천(開天) 시대, 마흔 일곱 분의 단군(檀君)시대 2096년을 포함하면, 올해 서기 2034년은 단기(檀紀)로는 4367년, 신시기원으로는 개천(開天) 5932년, 한기(桓紀)로는 9233년이 됩니다. 우리는 일만 년에 가까운 자랑스러운 역사를 가진 민족입니다. 근세에 아주 잠깐 일본의 침략을 받은 적이 있었고, 그 후에 바뀐 국호가 대한민국(大韓民國)인데, 이 국호는 아직 90년도 안 됐습니다. 나는 한인천제(桓因天帝) 시대 우리나라 최초의 국호인 한국(桓國)으로 바꿈으로써, 우리나라가 거의 일만 년간 전통을 지키며 살아왔다는 것을 만천하에 알리고자 하는 것입니다."

대통령의 설명을 들은 국민들은 모두 궁금증이 해소되었으며, 국민 투표는 95%의 찬성율로 통과가 되었다.

개정헌법이 통과된 후, 첫 총리에는 한국인(桓國人)대표인 칠일한(七一汗)이 취임하였고, 총리실을 중심으로 곧바로 각 분야의 법률 개정작업이 시작되었다. 선거 운동 기간 중 약속했던 '범죄 없는 나라와 살기 좋은 나라'를 만들기 위해서는 법률로 뒷받침되는 것이 중요했기 때문이었다. 일범은 일한, 이한들의 의견을 듣기 위해 비서관 회의를 열었다. 비서관들과 일범의 의견은 크게 다르지 않았다. 이 자리에서 10대 우선 국정과제가 정해졌다.

첫째, 사형제도와 같은 사문화된 법을 정상화해야 한다.

둘째, 범죄에 대한 처벌을 대폭 강화해야 한다.

셋째, 범죄자는 공직은 물론, 사회에서 완전히 퇴출시켜야 한다.

넷째, 출산율 감소 추세에 따른 인구 정책이 시급하다.

다섯째, 수도권 인구집중과 지방인구 소멸현상의 대책이 시급하다.

여섯째, 언론의 역할이 중요하다.

일곱째, 정치와 경제의 독립적인 영역이 절실하다.

여덟째, 차별 문화를 없애고, 모든 사람이 동등한 대우를 받아야 한다.

아홉째, 공권력의 강화가 절실하다.

열째, 북한과의 관계를 재정립해야 한다.

일단 방향이 정해지자 추진은 일사천리였다.

첫 번째, 사형제도와 관련해서, 미 집행 사형수의 현황을 보니, 대부분 살인자들이었다. 수십 명을 죽인 자도 있었고, 단순히 기분이 우울해서 사람을 죽인 자도 있었다. '이런 자들을 살려두려고 교도소를 운영하고, 인력을 투입하고, 재원을 낭비한다.'는 것은 국가와 국민이 계속 피해를 입는 것이었다. 정부는 즉시 사형을 집행하고, 사형수들의 범죄이력을 언론을 통해 상세히 공개했다. 몇몇 인권단체와 종교단체의 반발이 있었지만, 국민의 90%는 '잘한 일'이라 평가했다.

두 번째, 범죄자 처벌과 관련해서는 생각보다 단순했다. 범죄의 유형을 중범죄와 경범죄로 나누고, 중범죄를 저지른 사람은 사형, 경범죄를 저지른 사람은 무거운 벌금을 부과하도록 했다. '벌금을 못 내겠다'고 하면 목숨을 내 놓게 했다.

세번째, 공직자와 관련해서는 '공직자 기본법'을 만들어 죄를 지은 사람은 공직에 임용치 못하게 했다. 여기에 해당되는 죄는 너무나 많아, 공직을 맡을 수 있는 사람이 남아 있을지 걱정이 될 정도였다. 부동산 불법 투기자, 위장 전입자, 지위를 이용해 자녀의 병역을 면제시킨 자, 논문 표절자, 거짓말로 국민을 현혹하는 자, 평생 직업을 가진 적이 없는 사람이 엄청난 재산을 가진 자, 뇌물을 받은 자, 여성, 청년, 노인, 장애인 등에게 막말하는 자, 지방마다 가서 다른 말을 하는 자, 차명재산을 보유한 자, 지위를 이용해 사적인 이득을 취하는 자, 자신의 이득을 위해 거짓말하는 자, 말을 계속 바꾸는 자, 말과 행동이 다른 자, 사적인 일에 법인카드를 사용하는 자 등, 신문이나 방송에서 단골메뉴로 등장하는 거의 모든 정치인이 여기에 해당되었다.

네 번째와 다섯번 째는 인구정책 하나로 묶어 해결책을 마련해야 했다.

이 문제에 대해서는 일범이 직접 의견을 제시하고 상세한 설명을 했다.

"10인 이상 모든 사업장에 의무적으로 70% 이상 고졸을 채용하도록 하고, 사업장에서는 학력에 따른 차별을 두지 못하게 하면 될 것입니다. 대학을 졸업한 사람이 직장에 들어왔을 때, 고졸 후 바로 취업하여 4년이 지난 사람과 급여와 대우가 똑같고, 향후의 인사관리에서 전혀 차별이 없다면, 누가 돈 들여 대학에 가려고 하겠습니까? 또, 고등학교까지 의무교육을 시행하면, 부모들에게 자식교육은 전혀 부담이 되지 않습니다. 결혼을 늦게 하거나, 하지 않을 이유가 없고, 자녀를 적게 낳을 이유가 없어집니다. 세계 최고 수준의 이혼율과 자살률, 세계 최저 수준의 출산율은 금방 개선될 것이며, 초, 중, 고의 교육과정이 전혀 달라질 것입니다. 어릴 때부터 비싼 사교육비 들여서 과외를 시킬 이유가 없어지고, 학교에서는 입시 위주의 과열 경쟁보다는 인성교육이 제자리를 찾게 될 것입니다. 스승과 제자 사이는 존경과 사랑으로 복원되며, 학부모는 더 이상 학교교육에 관여하지 않게 됩니다. 인성교육으로 인간의 존엄성, 인간관계의 중요성, 용서와 화합, 봉사, 희생, 사랑, 화목… 이러한 가치를 깨닫고, 공익성, 시민성, 준법성이 철저한 성인으로 자란다면, 스트레스로 인한 우울증이나 알코올중독자가 나올 수 없게 되고, 낮은 인권의식(장애인, 인종, 저학력자, 저지위자, 여성, 성소수자, 노인, 왕따 대상 등에 대한 차별…), 비인간적인 범죄(살인, 강도, 강간, 유괴, 학대…), 비도덕적인 행위(부정, 비리, 사기, 뇌물, 사이비 언론, 내로남불, 떼법, NIMBY…) 이런 것들은 없어지는 것은 당연한 게 아니겠습니까? 대학입시지옥은 더 이상 없어집니다. 대학은 의사, 법률가, 연구개발자 등 전문직을 원하는 사람만 가고, 대부분의 사람은 대학에 갈 필요가 없어집니다. 대학은 취업 잘 하기 위한 곳이 아니라, 전문적인 학문연구기관이 됩니다. 경쟁력 없는 대학은 퇴출되고, 대학은 학생선발권을 가지게 되며, 진짜 공부하려는 사람만 대학에 가므로, 대한민국의 대학은 세계 최고 수준이 될 것입니다. 인구가 서울로 몰릴 이유가 없어집니다. 좋은 학교를 가기 위해 모든 것을 감수하면서 서울로, 서울로 모여들었다면 이제는 공기 좋고, 집값 싸고, 직장 가까운 곳에서 사는 것이 당연하게 됩니다. 따라서 수도권지역의 교통난, 주택난이 자연스럽게 해결되고, 도시와 농어촌 간의 균형 있는 발전이 가능합니다. 부동산 투기라는 말 자체가 없어지고, 물가정책, 인구정책, 주택정책, 교육정책 등등 되지도 않을 일에 매달리는 공무원 수를 확 줄일 수 있습니다. 지금은 사회문제가 많기 때문에 정치인이 활개를 치지만, 대한민국이 문제가 없는 사회가 되면 꼴 보기 싫은 정치인이 없어질 것입니다. 정치인뿐만 아니라 경찰, 검찰, 공무원 등 이른바 서민을 대상으로 갑질하는 모든 계층이 목에 힘주기 대신 봉사와 희생정신으로 일하게 될 것이며, 지자체 정치인들도 '정치화하는 순간 퇴출된다.'는 사실을 알게 될 것입니다. 청년들의 구직난, 중소기업의 구인난이 있을 수 없습니다. 고졸 후 자기 적성에 맞는 직장을 찾아 일하면 되는 것입니다. 군복무기간을 경력에 그대로 반영하면 병역비리가 발붙일 곳이 없어집니다. 노사관계는 대립보다는 화합으로 진행될 것입니다. 더 이상 공권력을 무시하는 행위가 용납되지 않을 겁니다. 진보, 보수의 구별이 모호해지고, 모두가 한국인(桓國人)으로 하나가 될 것입니다." 일범의 연설은 다소 장황했지만, 틀린 말은 하나도 없었다. 비서관들은 '대통령이 평소 이 문제에 대해 많은 고민을 해 왔겠구나.' 하는 걸 느꼈고, 대통령의 말 대로 법률을 제정하기로 만장일치로 의견을 모았다.

여섯 번째, 언론의 역할에 대해서는 의견이 분분하였다. '언론을 장악하거나 언론을 통제하거나 언론에 어떤 지침을 준다는 것'은 엄청난 저항이 있을 것이라는 우려 때문이었다. 그러나, 일범의 고집을 누구도 꺾을 수 없었다.

"현재 사회는 언론이 없으면, 정보전달을 제대로 할 수 없습니다. 나는 언론이 내 편을 들어달라는 게 아닙니다. '사실을 사실대로 보도하고, 사회가 좋은 방향으로 나아갈 수 있도록 역할을 해 달라.'는 것입니다."

결국 일범의 주장대로 방송과 신문에 대해서는 이러한 법률이 제정되게 되었다. 방송은 나쁜 소식보다 좋은 소식을 전달하는데 중점을 둔다. 뉴스 시간대는 좋은 얘기, 감명을 주는 얘기, 아름다운 얘기, 봉사하는 얘기, 희생하는 얘기, 진솔한 양심을 가진 사람얘기 위주로 방송한다. 나쁜 얘기를 꼭 넣겠다면, '누구누구가 이러이러한 잘못을 저질러 사형당했다.'는 소식만 전해준다. 신문도 마찬가지로 좋은 얘기 위주로 기사를 쓰되, 매일 어제 사형당한 범죄인의 명단과 죄의 내용을 공개하도록 했다.

일곱 번째, 정경분리에 대해서는, '정치인이 지위를 이용하여 기업에게 압력을 행사하거나 부정한 돈을 수수한 자는 중범죄로 취급한다.'

여덟 번째, 국민화합에 대해서는, 미국의 차별(Discrimination) 제한 정책을 도입하기로 했다. '누구든 인종, 나이, 성별, 피부색, 출신 지역에 대해 차별적인 언행을 한 자는 중범죄로 취급한다.'

아홉 번째, 공권력 강화와 관련해서도 미국과 유사한 시스템을 도입하기로 했다. '누구든 공권력에 반하는 행동을 하는 자는 중범죄로 취급한다.'

열 번째, 북한과의 관계에 대해서는, 대통령에게 일임하기로 했다.

헌법과 법률이 개정, 시행된 후 한국 사회는 시행 초기 엄청난 혼란에 휩싸였다. 지금까지는 큰 문제가 되지 않았던 많은 사건, 사고들이 모두 새로운 법에 의해 처벌 대상이 되었다. 경찰지구대에 난입하여 난동을 부린 취객은 중범죄로 재판에 넘겨졌다. 새로운 법에 의하면 그는 공권력에 반하는 행동을 했으므로 사형에 처해질 것이었다. 불법집회를 단속하는

176

경찰에 몸 싸움을 벌인 강성 노조원도 마찬가지 사유로 사형에 처해질 것이었다. 수억 원의 곗돈을 떼 먹고 잠적했던 자가 검거되자, 역시 중범죄로 재판에 넘겨졌다. 수십억 원의 공금을 회령하고 해외로 도주해 호화생활을 하던 자가 국내로 압송되어 역시 중범죄로 재판에 넘겨졌다. 중범죄뿐만 아니었다. 식당에서 계산하지 않고 먹튀한 사람은 밥값의 열 배를 물어야 했고, 기물을 파손한 자도 피해액의 열 배를 배상해야 했다. 매일 아침 신문에는 사형당한 자들의 죄상이 공개되었다. 범죄자들은 공포에 떨었고, 착하게 살아온 사람들은 '제대로 된 세상이 왔구나.'라고 하며 박수를 쳤다. 언론의 영향은 지대해서 좋은 점도 많아졌다. 방송에서 앞다투듯이 이웃의 훈훈한 사연들을 내보내자, 기부하는 사람, 헌혈하는 사람들이 엄청나게 증가했다. 그렇게 한국 사회는 변해 갔다. 그러나, 범죄자가 재판에 넘겨지기만 했을 때는 조용하였지만, 막상 중범죄로 재판에 넘겨진 자들이 실제로 사형을 선고받고, 곧장 사형이 집행되자, 국내외 인권단체와 종교단체의 거센 항의가 빗발쳤다.

"네가 도대체 뭔 데 인간의 생명을 마음대로 할 수 있느냐?"

"하나님 외에는 누구도 인간을 심판할 수 없다."

"예수님도 '너희 중에 죄 없는 자만 이 여인에게 돌을 던져라'고 했거늘, 일국의 대통령이란 자가 그럴 수 있느냐?"

이렇게 비난하는 자들에게 일범이 한마디로 대답했다.

"내가 바로 여호와(Jehovah)라 하지 않았습니까?"

5년의 세월이 흘렀다. 보는 사람의 시선에 따라서 또는 겪는 사람의 경험에 따라서, 전혀 달라지는 한국의 새 법질서는 차츰 자리를 잡아 나갔다. 어떤 사람은 공포정치, 독재정치, 또는 절대 왕정(王政)이라 했고, 어떤 사람은 법치주의, 평등주의, 신정(神政)이라고 했다. 그러나 달라진 것은 많았다. 수도권을 떠나 집값이 싼 지방이나 전원으로 이사한 사람들이 많아져서 수도권의 인구 집중화는 상당부분 해소되었다. 따라서 수도권의 주택난, 교통난, 교육난이 자연스럽게 해결되고 있었다. 수도권에 있는 집을 팔고 전원으로 이사한 사람들의 삶의 질은 크게 좋아졌다. 여유자금이 생겼지만, 교육비가 들어가지 않음으로써, 그야말로 사는 맛을 느끼는 사람이 많았다. 또 다른 큰 변화는 '범죄가 없어졌다.'는 점이었다. 어느 누구도 감히 조그마한 범죄라도 저지를 생각을 못했다. 잘못을 저지르면 바로 죽을 수 있기 때문이었다. 아침 신문에는 여전히 하루 전에 사형된 범죄인들의 신상과 죄의 내용이 공개되고 있었는데 그 숫자가 점점 줄어드는 추세였다. 죄를 저지른 자신은 죽어버리면 그만이지만, 가족과 친지, 친구들까지 정신적인 상처는 엄청났다. 뇌물을 받는 정치인도 없어졌고, 갑질을 하는 공무원도 없어졌다. 실업률은 역대 최저였다. 누구든 일을 하고싶으

178

면 어디서 일을 하든 소득에 큰 차이는 없었다. 세계 최저를 기록했던 출산율도 서서히 올라가는 추세였고, 결혼을 일찍 해서 자녀를 일찍 낳아 노후를 안락하게 보내겠다는 젊은이들이 늘어났다. 물론 부작용도 있었다. 국가경쟁력은 결국 기술 경쟁력인데, '대학에 진학하여 전문 연구인력이 되겠다.'는 젊은이가 태부족이었다. '힘들게 공부 안 해도 잘 먹고 잘 살 수 있는데, 왜 어려운 공부를 하나?'라고 생각하는 학생이 그만큼 많아진 것이었다. 의대정원을 늘렸지만 '의사가 되겠다.'는 학생수는 줄어들었다.

일범과 비서관들이 한자리에 모였다. 지금까지의 정책추진에 대한 공과 (功過)를 점검하는 회의였다. 제일 먼저 의제가 된 것은 직업 불균형 문제였다. 예전에 가장 인기가 높았던 사(士)자 돌림 직업은 인기가 시들해졌으며, 기업의 경쟁력을 좌우하는 기술인력, 연구인력이 부족하다는 점이었다. 판사, 검사, 변호사, 의사 등은 어차피 수요와 공급의 법칙에 의해 자연스럽게 해결될 문제였지만, 고급 기술인력과 연구인력의 부족은 국가경쟁력에 큰 문제가 될 수 있었다. 비서관 회의에서는 고급인력 양성을 위해, 기업내 사내전문인력 양성 프로그램을 획기적으로 지원해 주는 방안을 마련했다. 고졸로 입사한 인력이라도 전문인력이 되고 싶은 사람에게는 모든 교육과 비용을 지원하고, 전문인력을 양성하는 기업에 대해서는 세제혜택 등 각종 지원을 최대한 아끼지 않겠다는 제도였다.

두 번째로 제기된 문제는 남북관계에 전혀 진전이 없이 긴장국면이 계속되고 있고, '남쪽 사회가 안정될수록 더욱 불안해진 북쪽이 전쟁을 일으킬 가능성이 더욱 높아진다.'는 것이었다. 깊은 생각에 잠겼던 일범이 입을 열었다.

"나는 새로운 질서가 우리 사회에 정착되는 시기를 8년 정도로 보았습니다. 5년만에 이 정도 안정된 것은 여러분들의 노고와 모든 국민들의 협조 덕분입니다. 이제 우리 사회의 새 질서가 잘 뿌리내릴 것으로 생각됩니다. 5년 전 내가 '남북문제는 전적으로 나에게 맡겨달라'고 했는데, 이제 내가 나설 때가 된 것 같군요. 우리나라는 5년 내에 통일이 될 것입니다." 비서관들은 벌어진 입을 다물지 못했다. "대통령님, 남북이 분단된 지 100년이 다 되어 갑니다. 그동안 달라져도 너무나 달라졌습니다. 더군다나, 북측은 핵무기를 가지고 있어서 미국은 물론 중국과 러시아도 속수무책입니다." 일범은 씨익 웃었다.

"내게 불가능한 것은 없습니다. 다만, 좀 더 자연스럽게 보이기 위해 시간을 끄는 것뿐입니다."

일범이 이렇게 자신만만한 이유는 심즉성(心卽成)에 있었다. 흑안(黑眼)과 쟁투를 벌일 때, 일범은 신명(神明)을 완성시키면서 심즉성(心卽成)의 능력을 갖게 되었다. 심즉성(心卽成)은 '마음먹은 대로 이루어진다.'는 뜻이다. 이 수법은 이 세상에 존재하는 어떠한 수법보다 강력한 것으로 오

180

로지 신(神)만이 가능한 것이었다. 예를 들어, 무협소설에는 축지성촌(縮地成寸)이라는 수법이 있다. 흔히 축지법(縮地法)이라 불리는 빠른 경공(輕功)을 가리키지만, 경공(輕功)이라기 보다는 술법에 가깝다. 심즉성(心卽成)은 '내가 10 km 떨어진 어느 지점에 가겠다.'라고 마음만 먹으면 몸이 이미 그 곳에 가 있는 것이다. 흔히 '하나님은 무소부재(無所不在)하시다.'라고 하는데, 이는 '하나님은 없는 곳이 없다.' 즉 '모든 곳에 계시다.'라는 뜻이다. 이것은 신(神)이 전지(全知)한 능력과 함께 심즉성(心卽成)의 능력을 가졌기 때문에 가능하다. 일범의 안법(眼法)과 심력(心力)은 전지(全知)함에는 미치지 못하지만 예측은 가능하였다. 따라서 무소부재(無所不在)까지는 아니더라도 거의 그와 비슷한 수준에 이른 것이었다. 허공섭물(虛空攝物)의 수법으로 물체를 조종하는 것도 전에는 심력(心力)으로 컨트롤했기 때문에 기(氣)가 많이 소모되었으나, 이제는 그럴 필요가 없어졌다. 심즉성(心卽成)은 마음만으로 모든 컨트롤이 가능해진 것이다.

일범은 우선 북한 군사시설의 실상을 파악할 생각을 했다. 국방부장관은 한국인(桓國人) 오일한이 맡고 있었는데, 그의 보고를 통해 어느 지역에 어떤 무기가 있고, 핵시설이나 미사일 발사대의 위치, 해안 포의 위치 등 기본적인 자료를 숙지했다. 그다음은 직접 눈으로 확인할 차례였다. 일범은 심즉성(心卽成)의 수법으로 핵무기 발사시설이 있는 곳으로 몸을 이동했다. 경비병은 무엇인가가 바람처럼 휙 지나가는 느낌이 있었으나 '여기는 바람 부는 곳이 아닌데.'라는 생각만 했을 뿐 전혀 눈치채지 못했다. 일범은 바람처럼 이곳저곳을 휙휙 지나쳤다. 그 다음에는 미사일 발사기 지가 있는 몇몇 곳을 둘러보았다. 생각했던 것 보다는 시설이 조악했다. '이런 시설로 미사일을 계속 쏘아댄다는 것이 신기할 정도'였다. 서민들의 사는 모습도 보고 싶어 도시와 농촌을 불문하고 여러 곳을 돌아다녔다. 탈 북자가 많이 이용한다는 두만강의 강폭이 좁은 곳으로도 가 보았다. 남북 이 갈라진 지가 100년이 가까웠지만 1세기도 안 되는 그 기간에 남북한이 이렇게 차이가 난다는 것은 정치의 중요성을 다시 한번 일깨워 주는 계기 가 되었다. 일범은 내친 김에 평양의 주요 시설들도 둘러봤다. 만일의 사 태에 대비해 지형과 주요 건물을 눈 여겨 볼 필요가 있었다. 대통령실로 돌아온 일범은 통일의 방법을 곰곰이 생각해 보았다. '아무래도 자연스러 운 흐름으로 가는 게 맞는 것' 같았다.

이튿날, 일범은 국방부장관과 총리를 만나, "북한의 군사도발 징후가 보이면 즉시 나에게 보고를 해 주시오."라고 당부했다. 국방부장관은 "그 렇지 않아도 보고 드릴 참이었습니다. 최근 북한이 '대륙간 탄도미사일 (ICBM) 기술을 완성했다'고 공언해 왔는데, 그들 주장대로 ICBM기술이 완성되었다면 최대 20,000km까지 비행이 가능해 미국 본토까지 사정거 리에 들게 됩니다. 며칠 간의 조짐으로 보면 2~3일 내로 ICBM을 발사할 것 같습니다."

"발사 위치는 어디일 것 같습니까?"

"수송용 차량 이동이 빈번한 것으로 보면 평양인근 동창리나 순안 공항 근처일 가능성이 높습니다."

"잘 알았어요. 이번에는 성공하지 못할 거요."

일범이 '예지의 능력을 가지고 있다'는 사실을 알고 있는 총리는 안도의 숨을 내쉬었다. 그러나, 이번 건은 예지나 예측의 문제가 아니라 일범이 직접 나서야만 했다. 일범은 비상식량을 조금 준비하여 일단 몸을 평양으로 이동시켰다. 동창리와 순안 공항의 예전에 미사일을 발사한 적이 있는 곳을 중심으로 둘러보니, 이번에는 동창리에서 발사할 것이 분명해 보였다. 북한의 최고지도자가 살고 있는 곳을 한번 둘러본 뒤, 평양시내를 바람처럼 움직이니, 조용한 거리에 바람소리가 휙휙 나는 걸 이상하게 여기는 사람이 더러 있어 주위를 둘러보곤 했다. 평양에 잠입한 지 이틀째 되는 날, 드디어 최고지도자가 모습을 보였다. 순간 '저 녀석을 바로 죽여버릴까?'라는 생각이 들었지만 이내 고개를 흔들었다. 최고지도자는 ICBM 발사장면으로 이동하고 있었다. 일범은 수령을 향한 군인들의 일사불란한 모습을 보면서 '저런 맛으로 왕 노릇을 하는가?' 싶었다. 드디어 미사일이 발사되었다. 엄청난 굉음과 함께 미사일은 화염을 내뿜으며 미사일은 하늘로 치솟았다. 최고지도자는 흡족한 미소로 박수를 치고 있었다. 그 순간 높이 치솟던 미사일은 하늘에서 불꽃놀이의 최정점과 같은 화염을 뿜으며 폭발했다. 미사일의 파편은 동창리 일대를 완전히 초토화시켜버렸다. 일범은 임진강 가에 있는 한국인(桓國人) 본부로 몸을 이동시켰다. 일범이 갑자기 나타나자 한국인(桓國人) 한 명이 "아니, 선생님이 이곳에 갑자기 웬일이십니까?"라 했는데, 일범은 "아, 예, 혼자 시원한 맥주 한잔하려고요."라고 대답했다.

'ICBM 기술을 완성했다'고 공언해 온 북한의 미사일 발사가 완전한 실패로 돌아가자, 한/미/일은 일단 안도를 했다. 그 동안의 계속적인 도발에 대해 계속 지켜보기만 할 뿐 특별한 대책을 마련하지 못하여 체면을 많이 구겼는데, 이번에는 '초기단계에서 폭발해 버린 것이 좀 이상하다.'는 생각을 했다. 북한의 최고지도자는 완전히 미쳐버릴 지경이었다. 그렇다고, 미사일 기술자들을 처형할 수도 없는 일이라 속만 부글부글 끓어올랐다. 최고지도자는 군 수뇌부를 향해 호통을 질렀다. "당장 다시 발사해!"

평안북도 철산군 동창리 미사일 발사장 주위는 핵폭탄을 맞은 것처럼 주변이 완전히 파괴되고 말았다. 주민들 중 사상자도 있었고, 파괴된 가옥과 건물은 복구가 어려울 정도였다. 북한은 이 사실을 숨기고 싶었으나 한/미는 위성 정찰로 상황을 훤히 보고 있었다. 이로부터 3개월이 지났다.

국방장관은 '북한이 이번에는 다시 자강도에서 ICBM을 발사할 조짐을 보인다.'는 보고를 해 왔다. 일범은 지난번에 자강도 인근 미사일 발사기지도 한번 둘러보았기 때문에 대강 감을 잡을 수 있었다. 이때 국방장관이

184

어디로부터 긴급 보고를 받더니, "대통령님, 북한이 지금 막 '미사일을 발사했다.'는 보고입니다."라고 했다. 일범은 국방장관과 함께 서둘러 상황실로 갔다. 미사일은 성공적으로 발사된 것 같았다. 보고에 의하면 '2단 분리가 끝나고 3단 엔진이 점화되었다'고 했다. 화면에는 잘 보이지가 않았다. "좀 더 자세히 볼 수 있는 망원경 같은 건 없습니까?"

일범이 묻자, '원래는 천체를 관측하는 망원경인데, 미사일의 궤적을 관찰하는 용도로 쓰이고 있다'고 안내를 했다. 미사일은 이제 궤도를 진입한 것 같았다. 일범은 뚫어져라 미사일을 쳐다보고 있었다. 점으로 보이던 미사일에서 섬광이 번쩍 하더니 갑자기 시야에서 사라졌다. 갑자기 사라진 미사일 때문에 상황실은 어수선해졌다. 국방장관이 "대통령님, 미사일이 시야에서 사라져 버렸습니다. 망원경에도 잡히지 않습니다."라고 하자 일범은 "알겠습니다."라고만 하고 상황실을 떠났다. 한/미/일 어디에서도 공식 논평은 나오지 안 았지만, 뉴욕 타임즈에서는 "ICBM으로 추정되는 북한의 미사일이 궤도에 진입하는 순간, '미국의 요격미사일에 의해 격추된 것으로 보인다.'는 보도를 하였다. 미국방성은 이에 대해 아무런 코멘트가 없었다. 다음날 대통령과, 총리, 주요 장관들이 참여하는 긴급 안보회의가 열렸다. 국방장관은 "북한의 ICBM은 이번에도 실패한 것으로 보입니다. 3단 분리까지 성공하여 운항궤도에 진입하는 순간, 섬광과 함께 사라졌으며, 공중에서 폭발이 일어난 것으로 추정하고 있습니다. 정확한 원인은 알려지지 않고 있습니다. 언론에서는 미국의 요격미사일에 의해 격추된 것으로 추정하고 있으나, 미 당국에서는 공식적인 언급이 없습니다."라고 요약해서 보고를 했다.

일범은 혼자 말로 중얼거렸다.

"하늘은 원래 신(神)의 거처야."

전 세계에 ICBM을 완성했다고 큰 소리 치던 북한의 최고지도자는 두 번 연달아 발사가 실패로 끝나자 노발대발하였다. 그는 권력서열 2인자인 인민군 총정치국장에게 화를 바락바락 내고 있었다. 인민군 총정치국장은 최고지도자의 최측근으로 최고지도자 앞에서 무기를 소지할 수 있는 유일한 인물이었다. 만일의 사태가 생길 경우에는 최고지도자를 위해 목숨을 던질 수 있는 믿을 만한 인물이기에 늘 가까이에 두었다. 최고지도자는 2인자에게 짜증스럽게 말했다.

"이봐, 이제 어떻게 할 거야? 어떤 놈에게 책임을 물어야 하나?"
"누구에게 책임을 묻기에는 사태가 좀 애매합니다."
"그럼, 어떻게 해야 하나?"
"기술적인 문제가 뭔지 확실히 점검해서 다시 시도해야 할 것 같습니다."
"바로 남침을 하는 건 어때?"

"그건 위험합니다."

"너는 너무 신중해서 문제야. 지금 당장 우리가 보유한 모든 미사일을 한꺼번에 서울로 퍼 붓고, 바로 밀고 내려가는 거야. 그래야 인민들도 이번 실패를 잊고 총 동원시킬 수 있을 것 아냐?"

"지도자 동지, 자중하십시오, 핵무기를 제외하면 군 전력은 사실상 우리가 남쪽 놈들에게 뒤집니다. 초전에 전쟁을 끝내지 못하면 우리가 오히려 위험해집니다."

"뭐야? 이 새끼야! 우리 공화국의 군대가 남쪽 놈들보다 약하다고? 이 새끼가 계속 잘 봐 줬더니, 남쪽 괴뢰편을 들고 있잖아!"

최고지도자의 쌍소리를 들은 2인자는 분을 참을 수 없었다. 나이가 80이 다 됐는데, 아무리 최고지도자라고 하지만 아들보다도 어린 놈에게 이 새끼 소리를 듣자 욱! 하고 말았다. 2인자는 권총을 빼내 최고지도자에게 방아쇠를 당겼다. 쓰러지는 최고지도자를 향해 연거푸 쏴 댔다. 그리고는 혼자 중얼거렸다.

"버러지 같은 놈은 뒈졌다."

며칠이 지난 후, 조선중앙방송에서는 '긴급 뉴스입네다. 버러지 같은 놈은 뒈졌습네다. 조선민주주의인민공화국은 새로운 영도자와 함께 사람 사는 나라를 만들어 갈 것입네다.'라는 여성 아나운서의 짤막한 보도가 나왔다. 한/미/일은 물론이고 러시아, 중국 등 친북 국가에서도 전혀 예측하지 못한 사태에 당황하기는 마찬가지였다.

　김씨 왕조는 3대 95년만에 망하고, 북한에는 새로운 정권이 들어섰다. 새 정권은 한국(桓國)과의 관계를 강화하고, 인적, 물적 교류를 전면적으로 허용했다. 2대 총리인 육일한이 이끄는 한국(桓國) 정부에서는 통일부를 중심으로 본격적인 통일업무를 시작했다. 조직이 생긴 후 처음으로 '통일부'라는 이름에 걸맞은 일을 하는 것이었다. 남북은 '통일'이라는 대전제에는 동의했으나, 통일의 방법에 대해서는 이견이 컸다. '1국가 2체제', '연방제', '한국(桓國)에 의한 흡수 통일', '남북한 전 주민 자유투표' 등 다양한 의견이 제시되었지만 쉽게 합의는 이루지 못했다. 한국(桓國) 정부는 도로, 전기 등 낙후된 북쪽의 인프라를 구축하는데 엄청난 지원을 아끼지 않았으며, 불안전한 주거시설의 개량에도 힘썼다. 한편으로는 유전자 검사를 토해 이산가족의 상봉을 도왔으며, K-드라마와 K-팝으로 인기를 끌었던 연예인과 가수들이 북에서 자주 공연을 함으로써, 북쪽 주민들의 호감을 샀다. 결국 김씨 왕조가 멸망한 5년 후 북한은 한국(桓國)에 흡수통합됨으로써, 분단 100년 만에 한반도는 다시 통일 국가가 되었다.

제12장

범세계국가 건설

90세가 된 일범은 통일헌법에 몰두해 있었다. 통일이 되었으니, 헌법을 개정하는 건 당연한데, 어떤 내용으로 할지가 초미의 관심사였다. 한국인(桓國人) 주도로 만들어진 통일헌법이 국민투표를 거쳐 드디어 통과가 되었다. 개정시안 마련할 때부터 국민 투표가 끝날 때까지 계속적으로 논란이 된 부분은 영토에 관한 헌법 제3조였다. '제3조 한국(桓國)의 영토는 한인천제(桓因天帝) 시절의 강역으로 한다.'

　영토 문제는 일범의 주장대로 관철된 것이었다. 의회를 한국인(桓國人)이 장악하고 있고, 일반 국민들도 일범을 신(神)으로 받드는 사람이 대다수이므로 가능한 것이었다. 일제시대의 식민사관을 가진 역사학자들은 애써 부인하고 있었지만, 세계의 모든 사학자들은 한인천제(桓因天帝)가 다스리던 한국시대(桓國時代)는 천산(天山)을 중심으로 그 영토의 넓이가 동서 2만 리, 남북 5만 리였다는 것을 다 알고 있었다. 그렇게 되면, 러시아나 남부 일부와 중국, 몽골은 물론이고, 중앙아시아의 모든 나라, 남쪽으로는 인도네시아의 자바 섬까지 전부가 한국(桓國)의 영토가 되는 셈이다. 러시아, 중국, 일본뿐만 아니라 동남아시아 모든 나라가 반발하여 '국교를 단절하겠다.'는 나라도 있었다.

전 세계 대부분 나라에서는 한국(桓國)의 새 헌법을 국제사회의 질서를 위협하는 야욕이라 규정하고 제재방법을 강구하고 있었다. 중국과 러시아는 한국에 대해 핵공격도 불사할 것이라 했으며, 미국과 일본도 강력한 제재를 검토하고 있었다. 일범의 일거수일투족은 전 세계가 주목하고 있었다. 일범의 말 한마디가 국제 정세에 미치는 영향이 너무나 컸기 때문이었다. 그러나 일범의 행적은 누구도 찾아내지 못했다. 전 세계 언론과 정보기관에서 일범을 찾으려고 하는 가운데, 일범은 오일한 국방장관으로부터 러시아, 중국, 미국 등 강대국들의 핵전력 현황과 우주기지, 미사일 기지 등에 관한 정보를 파악하고 있었다. 필요한 정보를 파악한 일범은 바람처럼 사라졌고, 그 후로는 아무도 일범을 본 사람은 없었다. 전 세계가 '일범이 신(神)이냐, 아니냐'로 격론을 벌이고, 나라마다 '한국을 공격해야 되느냐, 아니냐'로 매일 회의를 하고 있는 사이, 일범은 세계 각국을 돌아다니고 있었다.

일범이 가장 먼저 찾아간 나라는 튀르키예였다. 튀르키예를 세운 투르크족(Turk) 즉, 돌궐족(突厥族)은 북방 유목민들로서 단군조선시대부터 동맹국이었다. 고구려와 동맹을 맺어 당나라와 싸운 기록도 있으며, 튀르크 복장과 고구려 복장은 매우 유사하였다. 튀르키예는 예부터 한국을 '형제의 나라'라 불러왔으며, 한국전쟁 때는 1만 5천여 명의 군사를 파견하여 7백 명 이상이 전사한 역사도 있었다. 일범이 갑자기 바람처럼 나타나자 튀르키예 대통령은 대단히 놀랐다. 하지만 그는 이미 올림픽, 월드컵, 골프 등에서 보여준 일범의 활약상을 자세히 알고 있었기 때문에, 일범이 '진짜 신(神)이 아닐까?'라는 생각도 있어서 최대한 예우를 갖춰 맞이했다.

"우리 튀르키예를 찾아주셔서 감사합니다. 이왕 오신 김에 진솔한 얘기를 나눌 수 있기를 기대합니다."

"이렇게 환대해 주셔서 감사합니다. 튀르키예가 우리 한국을 형제의 나라로 대해주시고 항상 지원해 주셨음을 잘 알고 있습니다. 대통령과 튀르키예 국민들에게 감사를 드립니다."

"당신을 뭐라고 불러야 할지 모르겠습니다. 많은 사람들이 당신을 신(神)이라고 하는데, 다소 실례되는 질문입니다만 당신은 누구십니까?"

"허허 이거 내가 대통령님을 궁금하게 했군요. 전에 악마를 물리칠 때 이미 말씀드린 적이 있습니다만 나는 재림 예수(Jesus)나 재림 알라(Allah)는 아닙니다. 다만 나는 신(神)과 같은 능력을 가지고 있습니다."

"신(神)과 같은 능력이라면 구체적으로 어떤 능력을 말합니까?"

"전지전능(全知全能)과 무소부재(無所不在)라는 말이 있습니다. 이 말들이 신(神)을 정의하는 말이겠지요? 나는 전지(全知)하지는 않지만 예측이 가능합니다. 나는 전능(全能)하지는 않지만 창조(創造) 외에는 거의 모든 것을 할 수 있습니다. 나는 모든 곳에 있지는 않지만 어떤 곳이든 순식간에 이동할 수 있습니다. 내가 여기 대통령궁에 갑자기 나타날 수 있었던 것도 순간이동이 가능하기 때문입니다."

"당신은 신(神)이라 불릴 만하군요."

"오늘 내가 여기에 온 목적은 '튀르키예와 한국은 형제의 나라'라는 걸 확인하고 싶어서 입니다. 투르크 민족은 한민족(桓民族)과 그 뿌리가 같습니다. 역사에 보면 돌궐(突厥)과 고구려(高句麗)는 동맹을 맺어 당(唐)나라와 함께 싸운 기록도 있습니다."

"우리는 유일신 알라(Allah)를 믿기 때문에 당신을 신(神)이라 부르지 못하는 것을 이해해 주십시오. 하지만 제가 무엇을 하면 되겠습니까?"

"튀르키예 국민들의 의견을 모아야 하겠지만, 내가 건설하려고 하는 전 세계인류가 화목하게 지내는 범세계국가 건설에 동참해 주시기를 바랍니다."

"잘 알겠습니다. 제가 국민들의 의견을 수렴해서 짧은 시일 내에 공표하겠습니다."

"대통령님의 호의에 감사드립니다."

일범이 튀르키예 다음으로 찾은 나라는 핀란드였다. 핀란드 수상은 일범이 자신 앞에 갑자기 나타나자 화들짝 놀랐다. 그러나 다음 순간 일범을 알아본 총리는 '이 사람이 진짜 신(神)인가?'라는 생각이 들었다.

"당신은 얼마 전 악마를 물리쳤다는 그 분이 아니십니까?"

"알아봐 주시니 감사합니다. 일범입니다. 갑자기 나타난 점 사과드립니다."

"괜찮습니다. 그런데, 어인 일로 여기에?"

"수상님과 허심탄회하게 얘기를 좀 하고 싶어 찾아왔습니다."

"당신이 '신(神)이냐 아니냐'로 우리나라도 의견이 분분합니다. 나는 당신을 뭐라 불러야 할지 모르겠습니다."

"내가 '신(神)이냐 아니냐.'는 그리 중요한 문제가 되지 못합니다. 나의 관심사는 핀란드의 역사와 미래입니다."

"당신은 핀란드에 무엇을 원하십니까?"

"나는 러시아와 독일의 틈바구니에서 너무나 오랫동안 전쟁에 시달려 온 핀란드의 역사를 잘 압니다. 내가 이 말씀을 드리는 것은 핀란드의 시초가 오랜 옛날 한인천제(桓因天帝) 시대 12한국(桓國)의 하나인 일군국(一群國)이었기 때문입니다."

"핀란드가 오랜 기간동안 러시아의 핍박을 받아온 것은 사실이지만 옛날 12한국 (桓國)의 하나라는 사실을 나는 알지 못합니다."

"아, 그렇군요. 핀란드가 러시아화에서 벗어나 이제 유럽화가 되었기 때문에 옛 역사에 대한 관심이 줄어들 수도 있겠습니다. 핀란드의 고대사를 연구하는 학자들에게 자문을 구해보는 게 좋겠군요."

"당신이 여기에 온 목적은 핀란드의 고대역사에 대한 토론은 아닌 것 같습니다만."

"고대사에 관한 얘기는 시작이지요. 단도직입적으로 말하면 나는 핀란드 국민들이 우리 한민족과 같은 뿌리이기 때문에, 더 이상 강대국들 사이에서 핍박받는 것을 방관할 수 없기 때문입니다."

"무엇을 하시겠다는 말씀이신지?"

"나의 능력에 대해서는 들은 바가 있을 것입니다. 내가 마음만 먹으면 불가능한 일은 없습니다. 앞으로 핀란드에 무슨 일이 생기면 나는 핀란드 국민들을 위해 내가 할 수 있는 모든 일을 다 할 것입니다. 나의 꿈은 전 세계인이 한 가족처럼 화목하게 함께 살아가는 범세계국가를 건설하는 것입니다. 나는 핀란드가 나와 함께 가기를 바랍니다."

"제가 이 나라의 수상이긴 하지만 그 문제는 제가 결정할 문제는 아닙니다. 국민들의 의견을 수렴해 보겠습니다."

"감사합니다. 나의 뜻을 분명하게 전했으므로 이제 그만 가 보겠습니다. 모쪼록 좋은 결과를 기대합니다."

말을 마친 일범은 수상의 면전에서 사라져 버렸다. 일범은 축지성촌(縮地成寸)의 수법으로 헝가리의 부다페스트로 이동해 버린 것인데, 핀란드 수상은 귀신처럼 왔다가 귀신처럼 사라진 일범에 대해 두려움과 경외심을 동시에 느꼈다.

헝가리 수상이 관저에서 부인과 함께 저녁식사를 하는 중에 수상 면전에 일범이 불쑥 나타났다. 혼비백산한 수상은 말을 더듬었다.

"누누누구요?"

"아, 미안합니다. 시간을 잘 못 맞춰 왔군요."

"당신은 얼마전 악마를 물리쳤다는 그…."

"맞습니다. 일범이라고 합니다."

"예, 당신은 올림픽, 월드컵, 악마와의 쟁투 등으로 세계를 떠들썩하게 만든 그분이군요."

"그렇습니다. 기억해 주시니 감사합니다."

"어떻게 갑자기 이 방에 들어오신 거요?"

"내게는 특별한 능력이 있어 아무 곳에나 갈 수가 있습니다."

"특별한 능력이라면?"

"나의 수법은 축지성촌(縮地成寸)이라 하는데, 요즘 용어로는 '순간이동(瞬間移動: Teleportation)'이라 할 수 있지요. 어느 지점을 염두에 두면 몸이 그 곳으로 바로 이동하는 수법입니다."

"그래서 경비나 보안시스템이 작동하지 않는군요."

"그렇습니다."

"그런데 이 시간에 여기는 무슨 일입니까?"

"수상님과 의논할 일이 있습니다."

"무슨…?"

"내가 악마를 처단할 때 밝혔듯이, 나는 전 세계인이 한 가족처럼 함께 화목하게 지내는 범세계국가를 건설하고자 합니다. 수상께서 좀 도와주십시오."

"당신에게는 무소불위(無所不爲)의 능력이 있는데 내가 무슨 도움이 되겠습니까?"

"혼자 하는 것은 설득력이 약하지요. 나는 모든 사람들이 함께 하기를 원합니다. 특히 헝가리는 흉노족(匈奴族: Huns)이 세운 국가로서, 우리 한민족(桓民族)과는 뿌리가 같은 민족입니다. 따라서 나는 돌궐족(Turk), 흉노족(Huns) 등 한민족(桓民族)과는 뿌리가 같은 민족들을 찾아다니고 있습니다. 이런 나라들과 우선 손잡고 함께 일을 추진해 나가는 것이 도리라 생각하기 때문입니다."

"당신은 사람들이 말하는 것처럼 신(神)입니까?"

"전에도 말했듯이 나는 재림 예수(Jesus)는 분명히 아닙니다. 하지만 신(神)과 같은 능력은 가지고 있습니다."

"신(神)과 함께 일할 수 있다면 영광이지요. 그러나 이 문제는 제가 혼자 결정할 일은 아니니, 국민들의 의견을 물어보고 조만간 알려드리겠습니다."

"감사합니다. 좋은 소식 기대하겠습니다. 멋진 식사를 방해해서 미안합니다." 이 말을 남기고 일범은 연기처럼 사라져 버렸다. 수상은 꿈을 꾼 것인지, 귀신을 본 것인지 조금전의 순간이 도무지 믿기지 않았다.

198

중앙아시아의 카자흐스탄 사람들은 예부터 '자신들은 단군(檀君)의 자손'이라 생각해 왔다. 그 이유는 카자흐스탄 사람들의 두상(頭像)이 한국인과 흡사하여 타타르족 출신인 영화배우 찰스 브론슨(Charles Bronson)은 한국인이라 해도 믿을 만하였고, 카자흐어는 많은 단어가 수메르어나 한국어와 비슷한 점이 많다. 카자흐어의 주스는 숙신, 여진, 조선, 주신과 어원이 같다. 또한 카자흐스탄의 부족명이나 지명에는 한웅천황(桓雄天皇)의 신시(神市)와 단군조선의 흔적이 너무도 많이 남아 있다. 일제시대에 징용으로 끌려간 한국인이 극동 지역에 많이 거주하고 있었는데, 1937년 스탈린의 명령으로 극동지역의 약 172,000명이 중앙아시아 지역으로 강제적으로 이주되었다. 척박한 땅에 강제로 이주된 한국인들은 특유의 부지런함과 끈기로 산을 개간하고 사막을 일구었다. 스스로를 고려인이라 부르며 조국(Korea)을 잊지 못하였던 것이다. 원래부터 단군의 자손이라 생각해 왔던 기존의 카자흐스탄인들도 이주해 온 고려인들을 형제의 정으로 도와주었고, 한인강제이주 100년이 지나면서 고려인은 이제 카자흐스탄에서 정치, 경제적으로 중심세력이 되었다. 카자흐스탄의 대통령도 고려인의 전폭적인 지지로 대통령에 당선된 것이었다. 카자흐스탄 대통령은 조상의 나라 한국의 움직임에 늘 관심을 가지고 있었는데, 이제 한국(桓國)에서 '중앙아시아 전역을 영토로 간주한다'고 하니, 어떻게 처신해야 할지를 고민하고 있었다. 카자흐스탄에는 이미 한국드라마, 한국노래, 한국음식 등이 전국민을 사로잡고 있었고, 선조의 나라를 이끌고 있는 '일범은 정말 신(神)이라'는 생각도 있었다. 대통령은 '빙하기 후에 누흐의 방주가 정착했다.'는 전설이 있는 카즈구르트 산에 올라 하늘에 기도를 드렸다.

"신(神)이시여, 카자흐스탄을 어디로 인도하시나이까?"

며칠 후 카자흐스탄 대통령은 대국민 연설을 통해 중대한 발표를 했다.

"카자흐스탄은 오늘부터 신(神)이 이끌고 계시는 한국(桓國)과 손을 잡고, 세계인이 모두 한가족처럼 화목하게 살 수 있도록 함께 노력해 나갈 것입니다."

이리하여 카자흐스탄은 스스로의 결정에 의해서 일범을 신(神)으로 인정하는 첫 국가가 되었다.

형가리를 떠난 일범은 타이페이(臺北)에 있는 중화민국 총통관저(總統府)에 모습을 나타냈다. 대만의 새 총통은 '친미, 반중, 독립' 성향이 강한 사람이었다. 중국은 중국몽(中國夢)의 제1순위를 대만 합병으로 보고 대만을 곧 무력 침공할 것 같은 일촉 즉발의 정세였다. 일범이 나타났을 때는 총통과 총리 및 각료들이 행정원에서 중국의 대만침공위험에 대한 대책를 협의하고 있었다. 이 자리에 일범이 갑자기 나타나자 모두들 어안이 벙벙해졌다. 총리가 제일 먼저 일범을 알아보았다.

"당신은 악마를 물리쳤다는 일범이 아니십니까?"

"알아봐 주시니 감사합니다. 중요한 순간에 내가 나타난 것 같군요."

"그렇습니다만, 어떻게 이 회의장에 불쑥 나타날 수 있습니까?"

"나는 내가 가고 싶은 목적지를 정하면 몸을 순간적으로 이동시키는 능력이 있습니다."

"여기는 어떤 연유로 오셨습니까?

"최근 중국이 침공할 것이라는 조짐이 나타나고 있어 혹시 내가 도움이 좀 될까 싶어 왔습니다."

"어떻게 도우시겠다는 말씀인지요?

"나는 중국의 어떤 침공이든 격퇴시킬 수 있을 뿐만 아니라 필요하면, 중국의 항복을 받아낼 수도 있습니다."

"저희 더러 '그 말을 믿으라.'는 말씀입니까?"

"믿고 믿지 않고는 자유의사입니다만, 중화민국을 위해서는 믿어야 할 것입니다."

"혼자 힘으로 중국을 이긴다는 말을 어떻게 믿습니까?"

"나는 중국의 핵무기를 무력화시킬 수도 있고, 중국의 미사일, 함정, 전차 등 모든 무기를 파괴시킬 수 있습니다. 중국인 10억 명을 다 죽일 수도 있지만, 인류전체가 화목하게 함께 잘 사는 범세계국가 건설을 지향하는 내가 사람을 함부로 죽일 수는 없지요. 다만 '중화민국의 안전은 책임질 수가 있다'는 말이지요."

"당신은 '신(神)의 능력을 가졌다'는 말이 있던데, 실로 말씀이 광오하군요."

"신(神)은 아니지만 신(神)과 같은 능력은 가진 것은 맞습니다."

"저희를 믿게 하시려면 당신의 그 능력을 한번 보여주십시오."

"원하시면 언제든지 보여 줄 수 있습니다. 그 전에 몇 가지 진지하게 얘기를 나눈 후에 보여 드리도록 하겠습니다."

"무엇을 원하십니까?"

"내가 파악한 바에 의하면, 이곳 고궁박물관 지하에는 장개석(蔣介石) 총통의 지시에 의해 저술된 중국역사 초판본이 있는 것으로 알고 있습니다."

"그것은 당신의 짐작이겠지요?"

"짐작이 아니라 사실입니다. 왜냐하면 나는 역사학자이기도 하고, 그 역사책 저술에 참여한 중국학자로부터 직접 들은 적도 있기 때문이지요."

"그 분이 누구인지 말씀해 주실 수 있습니까?"

"그 사람은 이미 고인이 되셨기에 이름을 밝힐 수는 없지만 역사책 초판본의 내용은 말할 수 있지요."

"당신은 그 책을 읽은 적이 있습니까?

"직접 읽어 볼 기회는 없었지만 돌아가신 그 분으로부터 내용을 전해 들었지요."

총통관저에 모인 각료들은 일범의 말에 어떻게 반응해야 할지 몰라 모두들 잠시 침묵하고 있었다. 일범이 계속 말을 이었다.

"여기 계신 분들은 그 책의 존재는 다 알고 계시겠지만, 그 책의 내용은 아마 모르는 분도 계실 겁니다. 내가 잠시 내용을 말씀드릴 테니 틀린 점이 있으면 지적해 주세요."라고 말하고는 중국역사를 요약해 나갔다.

"중국의 역사는 삼황오제(三皇五帝)로부터 출발하는데, 삼황(三皇)인 태호 복희(太皞 伏羲), 염제 신농(炎帝神農), 그리고 여와(女媧)는 모두 동이족(東夷族)이었습니다. 오제(五帝)는 황제 공손헌원(黃帝 公孫軒轅), 전욱 고양씨(顓頊 高陽氏), 제곡 고신씨(帝嚳 高辛氏), 제요 도당씨(帝堯 陶唐氏: 요임금), 제순 유우씨(帝舜 有虞氏: 순임금)를 말하는데 오제 역시 모두 동이족(東夷族)이었고, 중국대륙을 최초로 통일한 진(秦)나라의 시황(始皇)도 역시 동이족(東夷族)이었지요. 한족(漢族)이 중국대륙의 주인공으로 등장한 시기는 초한대전 (楚漢大戰)에서 승리한 유방(劉邦)이 한(漢)나라를 세운 BC 206년부터였습니다. 한(漢)나라는 대륙에서 고구려, 백제, 신라와 끊임없이 전쟁을 치렀으며, 중국의 삼국 위(魏), 오(吳), 촉(蜀)은 백제의 제후국들이었지요. 위/오/촉 삼국 쟁패 후, 중국

대륙은 위진남북조시대(魏晉南北朝時代)를 거쳐 수(隋), 당(唐)으로 이어지는데, 이 시기에도 고구려, 백제, 신라는 한족(漢族)이 세운 국가들과 대륙에서 수많은 전쟁을 치렀습니다. 나당(羅唐)연합에 의해 백제와 고구려가 멸망한 후에, 대륙은 당(唐), 신라(新羅), 발해(渤海)로 분할되었으며, 대륙이 오대십국(五代十國)으로 분할된 혼란의 시기에, 고려태조 왕건은 AD 907년에 전촉(前蜀)을 건국하였고, 고려가 섬서성 서안(西安)에 도읍하고 있을 때, 북송(北宋)은 하남성 개봉현(開封縣)에서 고려보다 53년 후에 세워졌습니다. 신라 경순왕이 AD 935년 고려에 항복하자, 대륙은 고려, 송(宋), 거란(契丹), 요 (遼), 금(金)이 분할하였지요. 그 후 몽골족이 세운 원(元)나라가 중국대륙을 통일하여 대륙에는 고려와 원(元) 두 나라밖에 없었으며, 한족(漢族)이 세운 명(明)나라에 의해 원(元)은 북쪽으로 밀려나고, 명(明)이 북경으로 천도할 즈음에 이성계는 한반도 한양(漢陽)에 조선을 건국하였고, 서안(西安)의 고려는 AD 1392년, 건국한 지 520년 만에 멸망하였습니다. 한족이 세운 명(明)나라는 후에 만주족이 세운 청(淸)나라에 의해 멸망하게 됩니다."

"이상의 내용이 장개석(蔣介石) 총통이 지시하여 편찬된 중국사 초판본의 내용인데, 9천 년에 이르는 장구한 중국대륙의 역사는 한족(漢族)의 역사가 아니라 동이족(東夷族) 즉 한민족(桓民族)의 역사였던 것입니다. 이에 장개석(蔣介石) 총통은 중국역사를 한족(漢族) 중심으로 다시 쓸 것을

204

지시하였고, 중국 사학자들은 동이족(東夷族)을 빼고, 모든 역사를 한족(漢族)인 한 것으로 왜곡해 버린 것이지요. 중국역사 초판본을 인정할 경우, 중국의 역사는 아예 없어지고, 중국대륙 전체가 한국인(桓國人)의 활동 무대였고, 위, 오, 촉 3국은 백제(百濟)의 제후국임을 인정하게 되는 것이었기 때문이지요. 어떻습니까? 나의 설명에 부족한 점이 있습니까?"

일범의 중국 역사 얘기를 들으면서 모여 있는 각료들의 얼굴표정은 매우 심각해졌다. 총통이 입을 열었다.

"당신은 우리에게 무엇을 원하십니까? 설마 모든 중국인들이 한국에게 머리를 숙이라는 뜻은 아니겠지요?"

"그럴 리가 있습니까? 나는 모든 인류가 한 가족처럼 화목하게 지내는 게 목표입니다. 누군가는 지배하고 누군가는 복종하는 것은 있을 수 없습니다. 내가 원하는 것은 내가 중국과 싸울 때, 중화민국에서는 역사의 진실을 밝혀 달라는 것입니다."

"그걸 인정하는 건 중국인의 자존심이 허락하지 않을 것이며, 만일 초판본의 내용이 공개되면 중국 대륙 전체가 폭동에 휩싸일 수도 있습니다. 따라서 함부로 발표할 수는 없습니다."

"충분히 이해합니다. '지금 당장 발표하라'는 뜻은 아니고, 언젠가는 발표할 시기가 올 것입니다. 시간을 더 지체하기 전에 나의 능력을 보여 드릴 테니 나를 군 부대로 안내해 주세요."

총통과 국방부장을 비롯한 각료들은 일범과 함께 타이페이 근교의 6군단 지휘부를 방문하였다. 국방부장이 안내를 하였다.

"여기는 중화민국 육군 사령부입니다. 무엇을 보여 주실 건지요?"

"요즘 전쟁은 육군에서 주로 사용하는 포사격을 비롯하여, 공군의 폭격기, 해군의 함정과 잠수함, 항공모함, 특히 미사일과 핵미사일이 공격 수단이 되겠지요? 중국이 중화민국을 공격하려면, 미사일과 잠수함, 항공모함 그리고 폭격기가 동원되겠지요. 여기서는 공군과 해군의 공격을 어떻게 방어하는지를 보여 드릴 수 없으니, 전차공격을 가상하고 보여 드리지요. 공격용 장갑차를 한 대 불러 주세요."

잠시 후 장갑차 한 대가 위풍당당하게 연병장으로 들어오고 있었다. 일범은 장갑차가 가까이 다가오자 장갑차를 향해 심즉살(心卽殺)의 수법을 펼쳤다.

순간 다가오던 장갑차의 포신이 90도 각도로 휘어져 버렸다. 총통을 비롯한 대만의 각료들은 벌어진 상황에 입을 다물지 못했다. 일범은 좌중을 향해 엄숙하게 말했다.

206

"나는 모든 무기들을 무용지물로 만들 수 있습니다. 장갑차뿐만 아니라, 함정, 폭격기, 미사일 심지어 핵 미사일까지 제어가 가능합니다. 중국의 공격으로부터 중화민국을 안전하게 지켜드리겠습니다. 때가 되면 진실된 역사를 공개해 주세요."

말을 마친 일범은 그 자리에서 귀신처럼 사라져 버렸다.

약 한 달 후, 튀르키예 대통령은 전 세계를 향하여 특별 성명을 발표하였다.

"우리 튀르키예는 예부터 한국(桓國)과 형제의 나라로 지내 왔으며, 앞으로도 영원히 형제의 나라로 함께 할 것입니다. 따라서 한국(桓國)의 일범 대통령이 추구하는 범세계국가 건설에 동참할 것을 선언합니다."

튀르키예가 일범과 함께 할 것을 선언하자, 튀르키예뿐만 아니라, 우즈베키스탄, 카자흐스탄, 투르크메니스탄, 키르기스스탄, 아제르바이잔, 그리고 중국의 신장 위구르자치구, 러시아의 타타르스탄 공화국, 바시코르토스탄 공화국, 다게스탄 공화국에 거주하고 있는 많은 돌궐족(突厥族)의 후손들이 모두 일범에 대해 우호적인 생각을 갖게 되었다. 뿐만 아니라, 핀란드 수상은 '핀란드는 원래 한인천제(桓因天帝) 시대 12한국(桓國)의 하나인 일군국(一群國)이었다'면서, 한국(桓國)과의 동맹을 천명했고, 헝가리 수상은 '헝가리는 훈족(Huns) 즉, 흉노족(匈奴族)이 세운 국가이며, 흉노족은 동이족, 조선족과 뿌리가 같은 민족'이라면서 역시 동맹을 약속했다.

튀르키예, 핀란드, 헝가리를 동맹국으로 만든 일범은 러시아의 바이코누르, 보스토치니, 플레세츠크에 있는 우주 기지, 중국의 고비사막에 있는 주천 위성발사장과 산서성에 있는 태원 위성발사장, 그리고 미국 플로리다주 케네디 우주센타, 휴스턴 나사 우주센타, 캘리포니아주 모하비 사막에 있는 에드워즈 공군 기지(Edwards Air Force Base), 일본 오키나와에 있는 가데나 공군 기지(Kadena Air Base, 嘉手納飛行場)까지 차례로 둘러본 후, 인도 다완 우주 센터까지 둘러보았다. 또한 각국의 핵전력을 파악하기 위해, 미사일 기지뿐만 아니라, 핵잠수함과 항공모함까지 샅샅이 뒤진 후 모종의 조치를 해 두었다. 그러나, 일범은 전지(全知)하고 전능(全能)한 신(神)이 아니기 때문에, 동시에 모든 문제를 처리할 수는 없었다. 하나하나 각개로 대처할 수밖에 없는 자신의 능력이 안타까웠다. 프랑스, 독일, 영국의 반응을 살핀 후, 아프리카로 향했다. 인류 역사상 오랫동안 핍박받아온 나라인 만큼 나중에 일범이 해야 할 일이 많은 나라였다. 아프리카에서 예상보다 많이 지체되었다. 탄자니아에서 '러시아가 카자흐스탄을 침공했다.'는 소식을 들었다. 일범은 나머지 일정을 취소하고 카자흐스탄으로 몸을 이동했다. 러시아의 공세에 카자흐스탄의 병력으로 전쟁을 치르는 것은 어려운 상황이어서, 카자흐스탄 정부는 접경지역에 있는 '바이코누르 우주기지를 폭파하겠다.'는 엄포로 전쟁을 지연시키고 있었지만, 이미 카자흐스탄의 수도 아스타나는 러시아의 미사일 공격으로 많은 사상자가 발생했고, 병원, 학교 등 주요 건물들도 상당수 파괴되었다. 일범은 카자흐스탄 대통령에게 직접 찾아갔다. 카자흐스탄 대통령은 일범의 얼굴을 알아보았다.

"아아, 신(神)께서 어인 일로 여기로 오셨습니까?"
"우리 형제의 나라가 침공을 받다니, 러시아를 용서할 수가 없군요."
"신(神)께서 좋은 방책이라도 계십니까? 저희를 구해 주십시오."
"이제 염려 마시고 군대병력을 동원하여 사상자 구호와 피해 복구에 만전을 기해 주세요. 전쟁은 저에게 맡겨 주세요."

대통령은 전 국민에게 '신(神)께서 우리를 구원하기 위해 오셨다'고 알렸다. 국민들의 환호와 함께 국내외에서 엄청난 취재진이 몰려들었다. 일범과 대통령은 나란히 높은 곳으로 향했다. 미사일은 계속해서 수도 저스타나로 날아오고 있었다. 천산(天山)산맥에 오른 일범은 만감이 교차했다. '천산은 우리민족의 발원지이다. 이곳을 침범하는 것 자체를 용서할 수 없다.' 일범의 눈에서는 살기가 뿜어 나왔다. 일범은 러시아에서 날아오는 미사일을 항해 살기를 내뿜었다. 순간, 옆에 서 있던 대통령은 눈을 의심하지 않을 수 없었다. 수도 저스타나로 날아오던 러시아 미사일들이 국경도 넘기 전에 공중에서 폭발해 버리는 것이 아닌가. 하나의 미사일이 아니라 수십발의 미사일이 전부 러시아 영토 내에서 불꽃놀이 하듯 폭파되고 있었다. 대통령은 일범 앞에 무릎을 꿇었다.

"아아, 신(神)이시여, 감사합니다. 신(神)께서 능력을 보이셔서, 저희를 구해 주셨습니다."

취재기자들도 어리둥절하기는 마찬가지였다. 그동안 수십발의 미사일이 수도 저스타나에 떨어졌는데, 갑자기 날아오던 미사일이 공중에서 폭발해 버리는 현상을 어떻게 설명할 것인가? 러시아군대도 마찬가지였다. 뭐가 잘못됐는지 파악이 불가능했다.

"신(神)이 살아 계신다. 신(神)이 도왔다!"

카자흐스탄 주민들이 환호성을 질렀다. 미사일의 공중폭발 뿐만 아니었다. 카자흐스탄으로 진격해 오던 러시아의 장갑차 부대 또한 해괴한 일이 벌어졌다. 장갑차에 장착된 포신이 휘어져 버리는 현상이 발생했다. 수십대의 장갑차가 포신이 휘어진 채로 러시아로 후퇴하는 행렬은 과히 장관이었다. 서방의 모든 방송과 언론은 이러한 해괴한 장면을 속보로 전 세계에 타전하고 있었다. 그리고 '그 신(神)이 일범이다.'는 사실도 함께 전해지고 있었다. 러시아의 카자흐스탄 침공실패는 전 세계인에게 '카자흐스탄은 일범이라는 신(神)이 지켜 주고 있다.'는 인식을 명확히 심어 주었다.

서기 2049년, 일범은 이제 95세가 되었다. 10월 3일은 한국(桓國)의 명절 개천절(開天節)이었다. 일범은 '한인천제(桓因天帝) 시절의 강역'을 많이 회복한 이 시점에 '개천절 행사를 성대히 치르면서, 세계만방에 한국(桓國)의 위상을 과시할 필요가 있다'고 생각했다. 대한민국(大韓民國)에서 한국(桓國)으로 나라이름을 바꾼 후부터 개천절은 민족 최대의 명절이 되었다. 개천절 행사에는 한국(桓國)과 동맹을 맺은 모든 나라의 축하사절 외에도 국내외 방송과 신문사에서 엄청나게 많은 취재진이 몰려들었다. 한웅천황(桓雄天皇)께 제례를 올린 후, 일범은 국가원수의 자격으로 축사를 하였다.

"오늘 10월 3일은 지금으로부터 5947년 전에 한웅천황(桓雄天皇)께서 처음으로 하늘을 열고, 태백산(太白山) 신단수(神檀樹) 아래에 내려와 신시(神市)를 열어, 홍익인간(弘益人間), 이화세계(理化世界)의 대업을 시작한 날입니다. 개천절은 민족국가의 건국을 경축하는 국가적 경축일인 동시에, 문화민족으로서의 새로운 탄생을 경축하며 하늘에 감사하는 우리 민족 고유의 전통적 명절입니다. 한웅천황(桓雄天皇)께서 말씀하신 홍익인간(弘益人間), 이화세계(理化世界)를 오늘날에 구현하는 방법은 '모든

세상 사람들이, 착하고, 평화롭게, 화목하면서 살아갈 수 있도록 하는 것'
입니다. 피부 색깔에 따른 인종 차별이 있어서는 안 되고, 종교가 다르다
는 이유로 핍박해서도 안 됩니다. 재산이나 영토 다툼으로 전쟁을 해서는
더더욱 안 됩니다. 역사를 보면 인간이 인간을 죽이고 찬란했던 문명을 짓
밟은 사실들이 너무나 많습니다. 앞으로 이러한 일들이 절대로 반복되지
않고, 이 지구상의 모든 사람이 모두 서로 사랑하고, 공경하며, 화목하게
지내는 착한 사람이 되기를 원합니다. 나는 이러한 세상을 만들기 위해 내
모든 능력을 다 할 것입니다. 예전에 내가 한국인(桓國人)들에게 한 말을
지금 여기서 다시 한번 말씀드리겠습니다. 전 세계가 한 가족처럼 살게 되
는 그날까지 나는 전쟁과 복수의 신인 여호와(Jehovah)가 될 것이며, 이
러한 세상이 구현되면 나는 사랑과 희생의 신 예수(Jesus Christ)가 되겠
습니다. 전 세상이 하나의 나라가 되는 것을 나는 '범세계국가'라 부르겠습
니다. 범세계국가를 건설하기 의해 현재의 여러 나라들이 해야 할 몇 가지
사명을 말하겠으니, 명심하여 실천해 주기 바랍니다.

첫째, 전 세계 모든 나라는 핵무기, 생화학무기, 대량살상무기 같은 평
화에 반하는 행위를 더 이상 추진하지 말 것.

둘째, 전 세계 모든 국가와 사람들은 인종, 종교, 성(性), 나이에 대한 차
별을 완전히 없앨 것.

셋째, 미국은 서부개척시대에 아메리카 원주민들과 맺은 수십 번의 조
약을 지키지 않고 원주민의 땅을 차지한 데 대해 깊이 사과하고, 미국 헌

법을 고쳐 원주민 우대 정책을 추진할 것. 또한 흑인을 노예로 취급한 역사에 대해 깊이 사죄할 것.

넷째, 중남미 각국은 헌법을 고쳐 원주민 우대 정책을 즉각 시행할 것.

다섯째, 스페인, 포르투갈, 영국 등 유럽 각국은 아메리카 대륙에서 원주민들 살상하고, 마야, 잉카, 아즈텍과 같은 문명을 파괴한 행위에 대해 깊이 사죄할 것.

여섯째, 이스라엘과 아랍은 즉시 전쟁을 멈추고, 같은 아브라함의 자손으로서, 우애와 화목으로 지낼 것.

일곱째, 로마 교황은 십자군 원정, 면죄부 발행 등 중세시대에 저지른 만행에 대해 즉각 사죄하고 앞으로는 예수의 성품대로 행할 것.

여덟째, 전 세계 모든 나라는 자국의 박물관에 있는 소장품 중 외국으로부터 빼앗아 온 모든 문화재들을 원주인에게 되돌려줄 것.

아홉째, 중국은 대륙에서 일어난 역사를 왜곡한 것에 대해 사과하고, 진실을 밝힐 것. 이와 더불어, 대만은 장개석(蔣介石) 총통의 지시에 의해 저술된 중국 역사 초판본을 즉각 공개할 것.

열째, 일본은 과거의 역사 왜곡을 사죄하고, 즉각 형제의 품으로 돌아올 것.

이상과 같이 열 가지를 당부 드립니다. 여러분들은 이것을 신십계명(新十誡命: New Ten Commandments)이라 불러도 좋습니다."

'선 세계 인류가 한 가족처럼 화목한 범세계국가를 건설하겠다'는 일범의 연설은 엄청난 파장을 몰고 와서 일범의 의도와는 전혀 다른 방향으로 흘러갔다. 세계는 완전히 두 쪽으로 나뉜 것이다. '일범을 신(神) 으로 인정'하는 중앙아시아, 동남아시아, 아프리카, 중남미 국가들과, 일범을 '세계를 집어 삼키려는 제2의 히틀러'라 비판하는 미국, 중국, 일본, 러시아 및 유럽국가들로 이분되었다. 바야흐로 세계 제3차대전이 벌어질 것 같았다. 그동안 적대관계였던 미국/유럽과 중국/러시아가 손을 잡고 한국(桓國)을 대항하는 형국이 된 것이다.

일본의 가장 아픈 점은 '자신들의 선조가 한반도(韓半島)으로부터 건너온 도래인(渡來人)'이라는 사실인 것이었다. 일본은 형제국가 백제(百濟)가 멸망한 후, '자신들만의 역사를 만들고, 자신들이 세계의 중심국가'라 교육시켜 왔으나, 일범으로부터 '형제의 품으로 돌아오라'는 말을 듣자, 참을 수가 없었다. 일본 내각에서는 제2의 정한론(征韓論)이 대두되었다. 외무상이 먼저 혀 짧은 소리를 했다.

"한국의 대통령이라는 자가 헛소리를 하고 있습니다. 이번에 확실히 버릇을 고쳐 놓아야 합니다."

방위상도 거들었다.
"그렇습니다. 늘 눈엣가시처럼 행동했는데, 지금이야 말로 자위대(自衛

214

隊)가 방어용이 아니라 공격용이라는 사실을 보여줘야 합니다.”

'독자적인 행동을 하기보다는 미국과 공조해서 천천히 대응하자.'는 의견도 일부 나오고 있었다. 이때, 갑자기 외무상과 방위상이 가슴을 움켜잡으며 쓰러졌다. 즉시 구급대가 도착하고 병원으로 옮겼으나, 두 사람 모두 갑작스러운 심정지로 사망한 것으로 판명되었다. 내각회의에 참가한 대신들은 현재까지 일어난 '갑작스러운 심정지' 사례들을 떠 올리고는 모두 소름이 끼쳤다. 결국 미국과 공조하기로 의견을 모으고는 더 이상 왈가왈부하지 않았다.

가장 먼저 무력행동에 나선 것은 중국이었다. 대만이 보관 중이던 중국 역사 초판본을 만천하에 공개함으로써 9천 년 중국 역사는 대부분 한족(漢族)의 역사가 아니라 동이족(東夷族) 즉, 한민족(桓民族)의 역사였기 때문이었다. 중국은 곧바로 한국에 대한 핵공격을 결정했다. 한국인(桓國人)들 중에도 핵공격이 미칠 엄청난 피해를 어떻게 감당할 것인지 걱정하는 사람들이 많았다. 한국도 물론 북한을 흡수 통합할 당시 북한이 개발한 핵무기가 몇 기 있기는 했으나, 중국의 핵전력과는 비교도 안 되었다. 그러나, 중국은 '일범이 미국, 중국, 러시아, 인도 등지를 돌면서 무엇을 해 두었는지' 미처 모르고 있었다. 중국의 주석은 인민해방군에게 총동원령을 내리고, 핵 부대에게 '한국을 폭격하라.'는 명령을 내렸다. 세계 제2차 대전 이후 두번째로 핵무기가 사용되려는 순간이었다. 이때, 중국 산동반도에 위치한 제2 핵전술사단에서 중국 국가주석에게 긴급 보고가 올라왔다.

"주석님, 핵미사일이 발사되지 않습니다."

"무슨 말을 하고 있는 거야? 핵미사일이 왜 발사가 안 돼?"

"원인을 찾을 수가 없습니다. 원인을 찾아 수리를 할 때까지는 핵 사용은 불가합니다."

"그러면, 잠수함에서 쏴."

"방금 함대사령부에서 연락이 왔는데, 핵잠수함에서도 발사가 안된다고 합니다."

"뭐야! 이 중요한 순간에! 그럼, 빨리 원인을 규명하도록 하고, 장거리 미사일을 있는 대로 다 퍼부어!"

주석의 명령에 의해 수백발의 미사일이 중국에서 한국으로 동시에 날아왔다. 그러나, 카자흐스탄으로 날아오던 러시아의 미사일들이 미처 국경을 넘기도 전에 폭발되는 현상이 발생한 것처럼 이번에도 똑같은 상황이 재현되었다. 중국에서 동시에 쏜 미사일들은 서해바다를 건너기 전에 모두 공중에서 폭발되고 있었다. 중국의 인민해방군 병력은 상비군이 약 5백만 명, 예비군이 약 1천만 명에 달했는데, 상비군을 중심으로 한반도로 이동하던 탱크들은 포신이 모두 휘어져 버렸다.

216

'중국의 한국에 대한 공격이 실패로 돌아갔다.'는 뉴스에 가장 먼저 반응한 곳은 로마 교황청이었다. 로마 교황은 '일범이 진실로 구약(舊約)의 하나님 여호와(Jehovah)일지도 모른다.'는 생각을 하기에 이르렀다. 교황은 즉시 바티칸 공의회를 소집하였다.

"여러 주교님들의 생각은 어떠십니까? 제가 느낀 바로는 일범이 진실로 신(神)인 것 같습니다. 재림한 예수 그리스도(Jesus Christ)가 아니라 재림한 여호와(Jehovah)인 것 같습니다. 그런데 이번에는 이스라엘 백성의 하나님이 아니라 한민족(桓民族)의 하나님인 것 같습니다. 우리 카톨릭이 살아 남기 위해서는 그가 지시한 대로 중세시기에 우리가 한 역사에 대해 우리의 잘못을 빌어야 하지 않겠습니까?"

성범죄 혐의로 한 때 주교직을 박탈당할 뻔했다가 결국 유야무야가 된 대주교가 입을 열었다.

"그는 올림픽에 출전하여 여러 종목에서 금메달을 딴 이력이 있습니다. 그가 하나님이라면 어떻게 올림픽 같은 데 출전할 수가 있겠습니까? 그는 악마가 분명합니다. 우리는 하나님의 이름으로 십자가를 메고, 그와 맞서 싸워야 합니다."

말을 마치지 마자 그 대주교는 그 자리에서 가슴을 잡고 쓰러졌다.

"Oh my God."

교황은 즉시 명령을 내려, 카톨릭(Roman Catholic)이 자행했던 중세 시대의 잘못에 대해 성모 마리아 상 앞에 무릎을 꿇고 잘못을 빌었다.

"저희 카톨릭 교회는 앞으로 영원히 개인 또는 단체의 이익을 구하지 않으며, 오로지 예수님의 가르침대로 사랑하고, 봉사하며 희생하는 삶을 살도록 하겠습니다. 이 맹세를 어길 시에는 어떠한 천벌도 받겠음을 주 예수 그리스도의 이름으로 맹세합니다. 아멘."

스페인과 포르투갈에서도 항복선언을 했다. 과거 식민지 개척시대에 중남미 여러 나라에서 원주민을 학살하고, 그들의 문화를 짓밟았으며 문화재를 약탈한 죄를 사죄했다. 그리고 약탈한 문화재는 즉시 돌려주겠다고 약속했다. 스페인과 포르투갈의 식민지배를 받았던 중남미 여러 나라들은 즉각 환영하고, 자국의 헌법을 고쳐 원주민 우대정책을 시행하였다.

이스라엘과 아랍 제국가들은 여전히 앙숙 관계였다. 전면전은 아니어도 여전히 포격과 테러가 계속되고 있었다. 이러한 상황에서 그동안 계속 아

218

랍을 지원해 오던 이란이 갑자기 중대성명을 발표한다고 했다. 이란은 표면적으로는 민주국가이지만 실제로는 신정국가(神政國家)로서 이란의 종교지도자 라흐바르는 신(神)의 대리인이며 대통령보다 지위가 높다. 따라서 라흐바르는 군주가 아니지만 국가 최고 지도자이다. 이란의 라흐바르가 특별 성명을 발표한 것이었다.

"이란인은 원래부터 '이스마엘의 후손'이라는 아랍민족과는 전혀 다릅니다. 이란의 기원은 한인천제(桓因天帝) 시대 12 한국(桓國)의 하나인 수밀이국(須密爾國)에서 시작합니다. 수밀이인들은 남서쪽으로 내려와 수메르(Sumer)문명을 건설하였고, 수메르문명은 유프라테스 강과 티그리스 강 주변 지역에 메소포타미아 문명을 일으키게 되었습니다. 이란과 이라크는 메소포타미아인들의 후손인데, 후에 이라크에는 아랍인들이 대거 유입되었으며, 원래의 메소포타미아인들은 현재의 우리나라 이란에 정착하게 된 것입니다. 따라서 이란은 아랍종족이 아니며, 수밀이국의 후손인 것입니다. 이란은 지금까지 아랍인을 지지해 왔으나, 오늘부터는 한인천제(桓因天帝)의 후손이자 현신하신 알라(Alah)이신 일범 신(神)과 함께 평화로운 범세계국가 건설에 앞장서겠습니다."

이란이 중동지역에서는 처음으로 한국(桓國)에 동참을 선언하자, 일범은 이란을 방문하겠다고 통보했다. 이란정부에서 '일정을 알려 주시면 영접을 하겠다'고 하자, 일범은 '영접은 필요 없으며, 이란의 각료회의에 바로 참석할 것'이라 대답했다. 이란에서는 일범의 순간이동 또는 축지성촌(縮地成寸)의 수법을 아직 모르고 있었기에, 모두들 의아하게 생각했다. 이란에서 일범이 현신하신 알라(Alah)라 발표하자 아프리카의 많은 나라들이 '현신하신 알라(Alah) 일범을 따르겠다'고 선언했다.

이란에 이어, 그동안 침묵을 지키던 몽골에서도 대통령의 특별 담화가 발표되었다.

"몽골과 한국(桓國)은 지난 역사에서 많은 전쟁을 하였지만, 근본적으로 몽골인들은 동이족(東夷族) 즉, 한(桓)민족과 뿌리를 같이한다. 몽골도 앞으로는 한국(桓國)과 더불어 평화로는 범세계국가 건설에 동참하겠다"는 내용이었다.

미국은 유럽의 여러 나라들과 연합하여 유엔 특별총회를 소집했다. 주의제는 '일범은 누구인가? 과연 재림한 신(神)인가?'를 판단하기 위해서였다. 또한 '일범이 재림한 신(神)인 경우는 어떻게 대처할 것이며, 세계를 집어 삼키려는 제2의 히틀러라면 어떻게 대처할 것인가?'였다. 미/중/러시아/일본 그리고 유럽 여러 나라는 일범을 신(神)으로 인정하지 않았으나, 중남미, 아시아, 아프리카에서는 압도적으로 일범을 재림한 신(神)으로 인정하였다. '총회에서의 표결은 불리하다'고 판단한 미국은 안전보장

이사회를 소집했다. 상임이사국인 미국, 영국, 프랑스, 러시아, 중국은 모두 일범을 신(神)으로 인정하지 않았다. 유엔이 창설된 이래로 안전보장이사회 상임이사국 5개국이 의견일치를 보인 경우는 처음이었다. 비상임이사국 중 일본, 브라질, 남아프리카공화국, 그리고 이스라엘이 미국의 의견에 동조하여, 15개 국 중 9개 국이 일범을 신(神)으로 인정하지 않음으로써, 미국을 주축으로 한 유엔 차원에서 일범을 '세계평화를 해치는 제2의 히틀러'로 규정하고, 군사행동을 할 것을 결의하였다. 그러나 러시아는 카자흐스탄을 공격하려다 실패했고, 중국은 한국(桓國)에 핵 공격을 하려다 혼이 난 적이 있기 때문에 함부로 전쟁에 참여하지 못하고 주저하고 있었다. 미국과 유럽, 일본이 먼저 한국(桓國)을 공격하면, 기회를 봐서 후방을 공격할 심산이었다. 미국은 항공모함 5척을 한반도로 이동시키면서 일본자위대에게 합류할 것을 요청했다. 가데나(Kadena) 공군 기지는 일본의 오키나와섬에 있는 미국 태평양 공군(PACAF)의 가장 큰 군용 비행장인데, 여기서는 B-21 핵폭격기 편대가 발진 준비를 끝내고 있었다. 바야흐로 전 세계가 한국(桓國)을 상대로 제3차 세계대전을 일으키려는 것이었다. 미국의 항공모함이 일본을 거쳐 동해로 진입할 즈음, 미국대통령은 한국(桓國)에 대해 특별담화를 발표했다.

"스스로 신(神)이라 자처하며 전 세계를 집어 삼키려는 일범이 즉시 항복하지 않으면, 미국은 세계평화를 위해 한국(桓國)에 즉각 선전포고를 하겠다."는 내용이 TV를 통해 전 세계에 실시간으로 중계되고 있었다. '미국이 대 한국(桓國) 선전포고를 하면, 일본자위대가 즉각 합류하겠다.'는 일본수상의 연설모습도 함께 중계되고 있었다.

일범은 실시간으로 중계되는 TV를 보면서 웃음이 나왔다.

'전 세계가 한 가족처럼 화목하고 평화로운 나라를 만드는 것이 내 꿈인데, 미국이 '세계 평화를 위해 전쟁을 하겠다'고 하니 참 묘하구나, 역사상 모든 전쟁은 평화라는 가면을 쓰고 있는 것이지. 여호와(Jehovah)로서 이제 그 가면을 벗길 때가 되었구나.'

일범의 눈에서는 살기가 뿜어져 나왔다. 순간, 전 세계로 중계되는 가운데, 미국대통령과 일본 수상은 동시에 가슴을 움켜쥐면서 쓰러졌다. 심즉살(心卽殺)의 수법이 펼쳐진 것이다. 일범은 심즉살(心卽殺)의 수법을 펼침과 동시에 축지성촌(縮地成寸)의 수법으로 동해의 미 항공모함 5척과, 가데나(Kadena) 공군기지의 B-21 핵폭격기, 일본의 항공자위대 기지와 해상자위대 기지 몇 곳으로 휙휙 바람이 스치듯 지나갔다.

미국 대통령과 일본 수상이 연설 중 동시에 쓰러진 상황이 전 세계에 실시간으로 중계가 된 상황에서 벨기에 브뤼셀의 유럽연합(EU)본부에서는 유럽연합 정상회의가 열렸다. 지금 이 상황에 유럽연합으로서는 어떻게 대처할 것인지 각국 정상들의 의견을 모으기 위함이었다. 그러나, 스페인, 포르투갈, 헝가리, 핀란드, 튀르키예는 이미 한국(桓國)편이었으며, 제2차 세계대전의 패전국이었던 독일과 이탈리아는 소극적이었다. 오로지 영국과 프랑스만 강경한 입장이었는데 역사상 가장 앙숙이었던 영국과 프랑스가 같은 입장에 선 것도 이례적이었으나, 두 나라만으로는 유럽연합의 전체 의사결정을 좌지우지할 수는 없는 상황이었다. 미국 대통령과 일본 수상의 사인은 역시 갑작스러운 심정지로 결론이 났지만, 각국의 정보기관들은 '이스라엘 수상의 심장마비부터 시작하여 전 세계적으로 일어난 유사한 죽음은 일범으로부터 기인한다'고 분석하고 있었다.

영국의 성공회(聖公會: Anglican Church)는 카톨릭과 개신교의 중용(via media)을 표방해 온 종파인데, 대주교는 영국 국왕과 만나 신(神)의 재림에 대해 의견을 나누었다. 로마 교황이 이미 일범을 재림한 신(神)으로 선언해 버린 상황이기 때문에, 성공회의 대주교 입장에서 어떻게 해야 할지 난감한 지경에 이른 것이었다. 대주교가 먼저 입을 열었다.

"국왕 폐하, 우리가 기다리는 분은 예수 그리스도(Jesus Christ)의 재림이지 전쟁과 복수의 신(神)이신 여호와(Jehovah)가 아닙니다. 로마 교황이 말했듯이, 그는 사랑의 주님이신 예수그리스도(Jesus Christ) 보다는 구약의 여호와(Jehovah)에 가깝습니다. 우리 성공회에서도 그에 대해 어떤 입장을 내놓아야 하는데, 폐하의 생각은 어떠하십니까?"

국왕도 난감하긴 마찬가지였다.

"한때 '해가 지지 않는 나라'라 불리던 우리 대영제국이 어쩌다 이런 상황까지 오게 됐는지 안타까울 뿐입니다. 그가 표방하는 것이 '사랑과 평화, 화목이 넘치는 범세계국가를 건설한다'고는 하나, 현재까지의 그의 행적으로 보면 확실히 분란과 저주의 모습만 보입니다."

"그가 '여호와(Jehovah)로 시작해서 예수(Jesus Christ)로 끝낼 것이다.'라고 말한 것을 보면, 결국은 '사랑의 신(神)이 되겠다.'는 뜻으로 이해해야 할 것 같습니다."

"제가 이름만 왕이지 아무런 실질적 권한이 없고 또한 이 문제는 종교적인 결단이니까 대주교께서 결정해 주세요."

"국왕 폐하, 지금까지 그의 행적을 보면, 대부분 그에게 대적하는 발언을 한 사람들이 희생되었습니다. 그를 적대시하지 않는다면 국가의 일이든 종교적 일이든 문제는 생기지 않을 것으로 생각됩니다."

"잘 알겠습니다. 대주교님의 결정에 따르겠습니다."

좀처럼 언론에 잘 노출되지 않았던 영국 성공회의 대주교가 모처럼 언론에 나와서 중대 발표를 하였다.

224

"성공회는 일범이 재림하신 신(神)인지 아닌지를 판단할 위치에 있지 않습니다. 그러나, 그의 사랑, 평화, 화목의 범세계국가 건설에 반대할 이유도 없습니다. 오로지 바라는 것은 더 이상 전쟁과 복수가 이어지지 않고 사랑의 신(神)이 되어 주실 것을 호소합니다."

성공회 대주교의 연설은 전 세계에 큰 반향을 불러왔다. 과거 영국의 제국주의적 확장에 힘입어, 성공회는 영연방 국가들에게 널리 퍼졌다. 호주, 뉴질랜드, 캐나다, 아일랜드를 비롯하여, 남아프리카공화국, 나이지리아, 싱가포르, 말레이지아, 홍콩 등 성공회 신자가 많은 국가들은 모두 일범을 받아들이기로 하였다.

일범은 방송사에서 생방송으로 중계하는 가운데, 대국민 담화를 발표했다.

"자랑스러운 우리의 한국인(桓國人) 여러분, 지금 세계는 우리 한민족(桓民族)이 오래도록 염원해 온 평화로운 범세계국가로 착착 나아가고 있습니다. 그러나, 지난 세기 동안 우리의 최대 우방 국가였으며, 세계 최강의 군사력을 보유한 미국은 세계 2차대전 이후 세계의 경찰국가로 군림해 온 그 지위를 잃을까 노심초사하고 있습니다. 나의 예상대로라면 미국이 머지않아 우리 한국(桓國)을 공격할 것 같습니다. 최대 우방국이었던 미국이 우리를 공격하는 것은 참 아이러니합니다. 그게 정치이고, 그게 힘의 논리라는 생각에 씁쓸함을 감출 수 없습니다. 한국인(桓國人) 여러분, 그러나 걱정하지 마십시오. 모든 시민들은 평상시와 다름없이 일상생활을 해 주시고, 나라를 지켜온 장병 여러분들도 평시와 다름없이 근무해 주십시오. 미국의 핵전력이나 군사적 위용은 물론 대단합니다만, 내가 미리 모종의 조치를 취해 두었으니, 나를 믿으십시오. 평화로운 일상생활이 파괴되는 전쟁은 일어나지 않을 것입니다. 머지않아 우리 한민족이 염원해온 범세계국가가 곧 건설될 것입니다."

연설을 마친 일범은 몸을 울란바토르로 이동시켰다. 몽골 대통령궁은 정부종합청사이기도 하다. 일범은 몽골 대통령 면전으로 바로 찾아갈 경우 경호실이나 안보담당부서의 책임문제가 불거질 것을 우려해서 대통령궁 접객당에 먼저 모습을 드러냈다. 안내소장은 일범의 얼굴이 낯익기는 했으나, 누구인지 금방 알아채지는 못했다. '한국(桓國)에서 온 일범이라는 사람인데 대통령을 만나러 왔다'고 하는 말에 안내소장은 기절할 듯이 놀랐다. 놀란 것은 대통령도 마찬가지였다.

"어떻게 기별도 없이, 수행원도 없이 단신으로 불쑥 찾아올 수 있습니까?"

일범은 몽골대통령에게 정중히 사과하였다.

"허어, 내가 워낙 자유롭게 돌아다니는 성격이라 미처 기별을 못 했군요. 하지만 나는 격식을 좋아하지 않으며, 마음이 동하면 어디든 마음대로 가는 취미가 있으니, 대통령께서 이해해 주시기 바랍니다."

"그런데 신(神)께서 어인 일로 여기까지 와 주셨는지요?"

"대통령께서 얼마전에 '몽골인은 한국인과 원래 한 뿌리였다.'는 말씀을 하신 걸 듣고 감사의 말씀을 전하려고 불쑥 찾아왔습니다."

"아, 예, 한인천제(桓因天帝) 시대의 역사를 몽골인들도 잘 알고 있습니다. 이제 신인(神人)께서 역사를 주재하시니, 우리 몽골인들도 힘을 합해 범세계국가 건설에 앞장서도록 하겠습니다."

"감사합니다. 머지않은 장래에 우리의 꿈이 이루어지도록 함께 노력해 나갑시다."

일범과 몽골 대통령의 만남은 만찬도 없이 몇 마디 인사말만 주고받은 것으로 끝나 버렸다. 그것은 일범이 급히 테헤란으로 가야 했기 때문이었다. 몽골 대통령은 눈앞에서 갑자기 사라져 버리는 일범을 배웅도 못한 채 입을 벌리고 서 있었다.

"저 분은 신인(神人)이 아니라 신(神)이구나."

같은 시각 이란의 대통령궁에서는 각료회의가 열리고 있었다. 일범이 이란의 최고지도자 라흐바르에게 가지 않고 대통령궁으로 온 이유는 '이란의 각료회의에 참석하겠다.'는 약속을 지키기 위해서였다. 이란의 대통령과 각료들이 모여 회의를 하고 있는 장소에 머리카락을 박박 민 일범이 하늘에서 툭 떨어지듯 불쑥 나타나자, 좌중은 경악을 금치 못했다.

일범은 천천히 분위기를 진정시키면서 말을 시작했다.

"허허, 이거 놀라게 해서 미안합니다. 나는 무소부재(無所不在)는 아니지만 어디든 마음먹으면 갈 수 있는 능력은 있습니다. 얼마 전 여러분들의 최고지도자께서 '이란은 수밀이국(須密爾國)의 후손'이라고 하신 말씀을 듣고, '꼭 한 번 들려야겠다'고 생각했습니다. 9천 년 가까운 세월이 흘렀지만, 이제라도 한민족(桓民族)의 한 뿌리를 이렇게 만날 수 있어 정말 기쁩니다. 최고지도자의 말씀처럼 전 세계인이 화목하는 범세계국가를 함께 건설해 나가도록 합시다."

이란 대통령이 화답했다.

"신(神)께서 이렇게 직접 왕림해 주시니 무한한 영광입니다. 저희가 할 수 있는 일은 무엇이든 다 하겠으니 지시만 내려 주십시오."

"지시라는 말은 나에게 어울리지 않습니다. 나는 격식을 싫어하는 반면 실질적이고 직선적입니다. 이왕 여기까지 왔으니, 이스라엘과 아랍의 관

228

계를 정상으로 돌려놓고자 합니다."

"저희가 무엇을 도와드리면 되겠습니까?

"이스라엘과 아랍을 화해시키려고 하는데, 아랍인의 대표로 누가 참석하는 게 좋은지 모르겠지만, 이란에서 모임을 주선해 주세요. 쉽게 응하지 않으면 '일범이 함께 만나고 싶어한다'고 말하세요."

며칠 후 이집트의 카이로에서는 이스라엘 수상과 이집트 대통령, 이란 대통령, 사우디 아라비아 왕세자, 팔레스타인 대표가 모였다. 중동의 모든 국가들은 이미 이란이 일범을 '현신한 알라(Allah)'로 받아들였음을 알고 있는 상태였는데, 이란의 대통령이 직접 '일범 신(神)이 각국의 지도자들을 보고 싶어한다'고 하자 정상들의 모임이 쉽게 성사된 것이었다. 큰 회의장에 테이블은 타원형으로 놓여 있고 각국 정상들이 빙 둘러 앉아 있었다. 주빈석이 있는 것도 아니고, 특별히 회의를 주재하는 의사진행국이 있는 좌석도 아니었다. 쉽게 만날 수 없는 사람들이 한 곳에 모여서 인지 분위기는 애매했다. 모두가 기다리고 있었지만 일범이 도착했다는 기별은 없었다. 이때 갑자기 타원형 테이블의 중앙 공간에 휙 하고 바람이 불더니 일범이 나타났다. 이러한 광경을 한번 경험한 적이 있는 이란대통령을 제외하고 다른 모든 정상들은 정신을 차릴 수가 없었다.

'어떻게 눈앞의 공간에 갑자기 사람이 나타날 수 있단 말인가?'

일범은 좌중을 한번 휘익 둘러보고 난 뒤 조용하게 말하기 시작했다.

"세상 사람들이 나를 신(神)이라고 합니다. 오늘 이 자리에서 내가 어떠한 신(神)인지 분명히 밝히겠습니다. 여호와(Jehovah)는 이스라엘 백성들의 신(神)입니다. 알라(Allah)는 아랍사람들의 신(神)입니다. 나는 현세에서 때로는 여호와(Jehovah)의 역할을 하고, 때로는 알라(Allah)의 역할을 합니다. 유대인은 여호와를, 아랍인은 알라를 유일신으로 섬기는데, 내가 여호와가 되었다가 알라가 되었다가 하는 것을 여러분들은 이해하지 못할 것입니다. 내가 오늘 여기에 온 것은 그것을 설명하기 위함입니다. 여러분들은 모두 아브라함(Abraham)의 후손이고, 나는 아브라함의 신(神)입니다. 내가 이 세상에서 할 일은 세상 사람 모두가 착하고, 화목하며, 한 가족처럼 서로 아끼고 사랑하는 범세계국가를 건설하는 것입니다. 아브라함의 자손인 아랍인과 유대인이 서로 싸우는 광경을 보고 있을 수 없기 때문에 내가 여기 온 것입니다. 여러분들이 서로 싸우면 나는 그 자리에서 즉시 심판을 내릴 것입니다. 여러분들은 약 15년 전 이스라엘 수상이 기자들과 회견도중 갑자기 심장마비로 사망한 사건을 기억할 것입니다. 그것은 내가 내린 심판이었습니다. 여러분들은 또 한국의 정치인 몇 명, 일본의 각료 몇 명, 로마의 대주교 등이 갑작스러운 심장마비로 사망한 사건도 알고 있을 것입니다. 모두가 내가 심판한 것입니다. 얼마 전 미국 대통령과 일본 수상이 동시에 사망한 것도 내가 심판한 것입니다. 나는 전쟁을 일으켜 무고한 인명을 살상하려는 자들을 심판할 것입니다. 나는 자신의 이익을 위해 거짓선동을 하는 정치인들을 심판할 것입니다. 나는 또한 자국의 이익이나 패권을 위해 역사를 왜곡하고 무력을 앞세우는 국가들을 심판할 것입니다. 여러분들은 지난 15년간 한국(桓國)에서 시행된 정의롭고 범죄 없는 국가건설을 위한 일련의 조치들을 아실 것입니다. 나는 모든 범죄자들을 심판할 것입니다. 여러분들은 또한 러시아가 카자흐스탄을 침공하려다 당한 수모와, 중국이 한국(桓國)을 침공하려다 당한 굴욕을 아실 것입니다. 이 모든 사건은 내가 심판을 내린 것입니다. 오늘 이후 이스라엘과 아랍 간에 단 한 발의 총성만 울려도 나는 그 사람을 심판할 것입니다. 내 말을 여호와(Jehovah)와 알라(Allah)의 말로 받아들이세요. 이 세상이 죄 없고 착한 사람들만 사는 화목한 세상이 되면 나는 사랑의 신(神)으로 돌아갈 것입니다."

일범의 말이 끝나자, 좌중은 고개를 들지 못하고 일제히 일범 앞에 무릎을 꿇었고, 조용히 'Amen(아멘)'과 'Allāho akbar.(알라는 위대하다.)'라는 말이 흘러나왔다.

대통령의 갑작스러운 죽음을 맞이한 미국은 국가 비상사태를 선포하였다. 갑작스럽게 대통령직을 승계한 부통령은 초강경파여서 사태는 심각하게 진행되고 있었다. 새 대통령은 '핵무기를 사용하여 즉각 한국(桓國)을 응징하라.'는 명령을 내렸다. 동해에는 이미 대기 중이던 5척의 항공모함에서 수십 대의 폭격기가 동시에 이륙하고, 오키나와의 가데나(Kadena)

공군기지에서는 B-21 핵폭격기 편대가 즉각 발진했다. 이 시각, 일범은 국방안보상황실에서 이런 장면들을 하나도 놓치지 않고 관찰하고 있었다. 일촉즉발의 순간, 항공모함에서 이륙한 폭격기 한 대가 동해상에서 갑자기 화염에 휩싸이면서 공중폭발이 되고 말았다. 한 대가 폭발하자 뒤따라오던 수백 대의 폭격기가 연이어 공중에서 폭파되고 있었다. 기술적인 문제가 아니었다. 한국(桓國)으로부터 미사일 공격을 받은 것도 아니었다. 그냥 원인을 알 수 없이 항공모함에서 이륙하는 모든 폭격기는 공중에서 폭발하고 있었다. 미국의 태평양함대 사령관은 이 어처구니없는 상황을 즉각 대통령에게 보고했다.

"대통령님, 한반도 폭격은 불가능합니다. 원인을 알 수는 없으나, 항공모함에서 이륙하는 모든 폭격기가 동해상에서 공중 폭발이 되고 있습니다."

이 보고를 시작으로 미국 대통령 권한대행에게는 긴급보고가 연속적으로 날아들었다.

"대통령님, 한반도에서 작전중인 핵잠수함으로부터의 긴급 보고입니다. 핵 잠수함에서 한반도로 핵미사일을 발사하려고 했으나, 무슨 이유인지 미사일이 발사되지 않습니다."

"대통령님, 오키나와의 가데나 공군기지에서 긴급 보고입니다. 가데나 공군기지에서 발진한 핵폭격기에서 핵미사일이 발사되지 않습니다. 원인을 조사중입니다."

"대통령님, 한국(桓國)에서 대응사격을 하는 것도 아닌데, 왜 우리의 폭격기들이 격추되는지 이해할 수 없는 상황이 벌어지고 있습니다."

일본은 내심 미국이 한국(桓國)을 완전히 초토화시켜 주길 기대하고 있었으나, 전쟁의 상황이 기대와는 달리 전혀 엉뚱하게 진행되자, 크게 당황하였다. 즉시 각료회의를 소집한 일본은 대책을 심각하게 논의하기 시작했다.

"일범은 정말 신(神)일지도 모르겠습니다. 이스라엘 수상 사망에서부터 지금까지 일범에게 각을 세웠던 모든 사람들은 갑작스러운 죽음을 맞았습니다. 이것은 우연이 아닌 것 같습니다."

"근세에 들어 우리 일본이 한국에게 굴복한 역사는 없습니다. 그런데 작금의 현실을 보면, 우리 일본의 미래가 한국(桓國)에 의해 좌지우지될 것 같습니다."

"차라리 한국(桓國)을 형제의 나라로 인정하고 손잡는 것도 한 방법인 것 같습니다."

각료들의 의견은 분분하였다. 그러나 예전처럼 한국(桓國)과 일범에 대해 막말을 하는 사람은 없었다. 모두들 '갑자기 심장마비로 죽을 수 있다.'

는 두려움이 있었다. 각료 회의 중에 일본천왕으로부터 '대국민발표를 하겠다.'는 전갈이 왔다. 천왕은 정치적으로 아무런 권한은 없었지만, 일본인에게는 수천년 전부터 만세일가(萬世一家)의 상징적 인물이었다.

수상을 비롯한 모든 각료들은 '천왕이 한국(桓國)에 굴복할 것'이라는 생각이 들었다. 이튿날 일본 천왕의 목소리는 전 세계에 생중계되었다.

"사랑하는 신민 여러분, 오늘 본인은 우리 일본국의 역사와 미래에 대해 신민 여러분들에게 엎드려 고할 일이 있어 이 자리에 섰습니다. 우리 일본 천황가(天皇家)는 BC 667년 초대 진무(神武)천황 이후로 한 번도 끊어졌던 적이 없는 '만세일계의 수호신(万世一系の守護神)'으로 알려져 있습니다. 천황가(天皇家)는 고훈(古墳), 아스카(飛鳥), 나라(奈良), 헤이안(平安), 카마쿠라(鎌倉), 에도(江戶)시대를 거쳐 근현대에 이르러 메이지(明治)유신으로 국력을 키웠으며, 쇼와(昭和)시대에는 큰 전쟁을 일으켜 이웃 국가에 많은 고통을 주기도 했습니다. 오늘 본인은 만세일계(万世一系)로 알려진 천황가(天皇家)는 사실 가구(假構)라는 것과 역사적 진실은 무엇인지를 만인 앞에 밝히고자 합니다. 일본 고대사에 등장하는 야마토(大和)왕국은 신라에 멸망당한 가야(伽倻)의 왕족들이 세운 국가였으며, 이즈모(出雲)왕국도 도래인(到來人)이 건설한 나라였습니다. 야마타이(邪馬臺)왕국의 마지막 왕인 진고황후(神功皇后)는 일본서기에 '気長足姫'라는 이름으로 숨겨져 있지만, 한국어로 해석하면 '기장벌의 여인'이 되어 역시 도래인(到來人)이었습니다. AD 396년, 비류백제가 망하면서 본인의 조상인 응신(應神)천황을 비롯하여 많은 비류백제의 유민들이 일본으로 건너왔습니다. 그리고 AD 660년, 형제의 나라 백제가 망하면서 우리는 AD 670년에 국호를 일본(日本)으로 정하고, 백제와는 전혀 관계없는 것처럼 우리들만의 역사를 만들기 시작했습니다. 그 결과물로 고서기(古事記)와 일본서기(日本書紀)라는 역사책을 만들고 만세일계(万世一系)의 천황가를 꾸밀 수밖에 없었습니다. 따라서 오늘의 일본인은 원래부터 일본인이 아니고, 천황도 원래부터의 천황이 아닙니다. 우리 일본 신민은 9,000년 전 한인(桓因)시대의 한민족(桓民族)이었습니다. 오랜 기간 동안 본분을 잊고 많은 죄를 지은 점을 깊이 뉘우치며, 이제 형제의 품으로 돌아가려 합니다. 앞으로는 자랑스러운 한민족(桓民族)의 일원으로 일범 신(神)과 함께 평화롭고 화목한 범세계국가 건설에 일조하겠습니다.”

일본천황의 연설은 일본인뿐만 아니라 전 세계인에게 큰 충격을 주었다. 일본수상을 비롯한 내각의 대신들은 '이제는 돌이킬 수 없게 되었다.'라 판단하고, 의회의 승인을 구하는 조치를 취했다.

세계 최강의 군사력으로 한국(桓國)을 순식간에 초토화시키려던 미국은 한국(桓國)군과 시민들이 전혀 동요하지 않고 일상생활을 유지하는 가운데, 폭격기가 공중에서 스스로 폭발해 버리고, 핵폭격기에서도 핵잠수함에서도 핵미사일은 원인도 모른 채 발사 자체가 되지 않는 어처구니없는 상황에 처하자 완전히 충격에 빠졌다.

'신(神)은 한국(桓國)을 지켜주고 있다.'

'일범이 신(神)이란 것을 보여주는 것이다.'

'신(神)이 시키는 대로 하지 않으면, 미국은 끝장이다.'

'대통령은 책임을 지고 즉각 사임해야 한다.'

미국의 여론은 걷잡을 수 없이 악화되고 있었다. 중국과 러시아는 미국보다 먼저 혼이 난 경험이 있기 때문에 미국의 심정을 이해하는 할 수 있었으나, 할 수 있는 일은 아무것도 없었다.

미국마저 한국(桓國) 공격에 실패하자, 중국은 마침내 결단을 내렸다. 장개석(蔣介石)의 지시에 의해서 제작되었다가, 장개석(蔣介石)의 지시에 의해서 숨겨졌던 중국 역사 초판본을 인정하기로 한 것이었다.

중국이 '중국 역사책 초판본을 인정한다.'는 것은 중국대륙이 한민족(桓民族)의 활동 무대였고, 중국의 9천 년 역사는 한민족(桓民族)의 역사임을 인정하는 것이었다. 신(神)의 힘은 워낙 강력하여 '인간으로서 신(神)과 대적하는 것은 불가능하다.'는 것을 전 세계에 알리는 것이었다.

미국이 한국(桓國)공격에 실패하고, 중국이 항복 선언을 하자, 더 이상 신(神)에 대적할 나라는 없어졌다. 영국과 프랑스는 대영박물관과 루브르

(Louvre) 박물관 등에 소장하고 있던 문화재 중 외국으로부터 약탈해 온 모든 문화재를 원소유국으로 반환하는 작업을 시작하였다. 미국은 대통령이 사임하고, 새 대통령 선출과 함께 수정헌법을 다시 수정하는 헌법개정에 착수하였다. 인디언(Indian)으로 불렸던 한민족(桓民族) 아메리카 원주민들은 더 이상 격리되지 않고, 다른 모든 민족들과 어울려 화목하게 생활할 권리를 되찾았다. 캐나다도 미국의 뒤를 이어 원주민들의 권리 회복을 위한 헌법 개정에 착수하였다.

세계는 한 가족처럼 지내는 범세계국가가 되었으나, 아직도 선(善)한 사람들이 함께 화목하게 다 같이 잘 살기 위해서는 몇 가지의 난제를 해결해야만 했다. 이 해에 유엔총회가 열렸고, 100세가 된 일범은 한국(桓國)대표로 유엔 총회에 참석하였다. 이제 일범은 세계 모든 나라에서 신(神)으로 추앙받는 위치에 있었으므로, 일범의 일거수일투족은 전 세계인의 이목을 집중시켰다. 유엔총회에서 행한 연설은 '일범이 앞으로 여호와(Jehovah)와 예수(Jesus Christ)의 두 가지 역할을 동시에 수행하겠다.'는 선언이었다.

"나는 오늘 이 자리에서 세계인에게 세 가지를 천명하고자 합니다.

첫째는, 범세계국가는 범죄가 없고, 착한 사람들만 사는 세상이 되어야 합니다. 여기 계시는 모든 국가의 대표들께서는 한국(桓國)이 어떻게 해서 범죄가 없는 선(善)한 사람들만 사는 나라가 되었는지 아실 것입니다. 한국(桓國)은 20년 전에 범죄에 대한 처벌을 대폭 강화하는 법을 시행하여 중범죄자는 사형, 경범죄자는 무거운 벌금을 부과하도록 했으며 '벌금을 못 내겠다'고 하면 목숨을 내 놓게 했습니다. 그리고 사형자에 대해서는 '왜 사형되었는지' 매일 아침 조간신문 1면에 게재했습니다. 인권문제가 거론되기도 했지만 20년이 지난 지금, 한국(桓國)은 범죄 없는 나라, 선(善)한 사람들만 사는 나라가 되었습니다. 나는 전 세계 모든 국가가 한국(桓國)과 같이 되기를 원합니다. 모든 국가는 총기와 같은 살상무기 사용을 금지시키세요. 내가 악마를 처단하였으나, 악마의 마성(魔性)에 걸려있는 악인들이 너무나 많습니다. 악인(惡人)들이 모두 없어지고, 선인(善人)들만 사는 세상이 되어야 합니다. 나는 완전히 그런 세상이 되기까지 마성(魔性)을 뿌리 뽑겠습니다.

둘째는, 범세계국가의 모든 사람들은 행복하게 살아야 합니다. 세계는 75억 명의 사람을 먹일 수 있는 충분한 식량을 생산하고 있습니다. 그럼에도 불구하고 전 세계 9명 중 1명은 매일 굶주리고 있습니다. 유엔세계식량계획(WFP)에 따르면 생산되는 전체 식량의 3분의 1을 차지하는 10억 톤 이상의 음식이 소비되지 않고 있습니다. 이 불필요한 식량을 생산할 때도 천원 자원이 사용되며, 위협받고 있는 천연자원은 이미 기아, 빈곤, 기후변화에 의해 가장 큰 타격을 받고 있는 나라들에 영향을 미치고 있습니다. 역시 세계식량계획(WFP)에서는 '아프리카의 뿔(대륙 동북부)에 사는 수

백만 명의 사람들이 긴급한 수준의 기아에 직면해 있다.'라고 경고하고 있습니다. 실제로 '40년 만의 최악의 가뭄에 이어 홍수, 높은 식량 및 에너지 가격, 수단 분쟁 여파 등으로 에티오피아, 케냐, 소말리아 일부 지역에서는 2천300만 명 이상이 극심한 기아에 시달리고 있으며 사망률과 영양 실조율은 여전히 심각한 수준'입니다. 나는 오늘 이후 빈곤과 기아에 시달리고 있는 현장을 둘러보고, '이 현실을 타개하는데 도움될 만한 분'들을 직접 찾아가 만날 것입니다. 범세계국가는 모두가 행복하게 살아야 합니다.

셋째는, 한국(桓國) 헌법에 '한국(桓國)의 영토는 한인천제(桓因天帝) 시절의 강역으로 한다.'라는 조항입니다. 이 조항 때문에 그동안 많은 일들이 있었으나, 이것은 내가 '범세계국가를 건설하기 위한 장기적인 포석이었음'을 밝힙니다. 이제 전 세계가 모두 한 가족처럼 지내게 되었으니, 한국(桓國)의 이 영토 조항은 의미가 없어졌음을 밝힙니다. 세계인 모두가 서로 사랑하고, 존중하며, 화목하게 지내도록 합시다."

일범의 연설이 끝나자, 세계 각국의 대표들은 일제히 기립박수를 보냈다. 연설은 신(神)의 명령처럼 들렸다. 반군(反軍)들이 활개치는 나라와 총기류 같은 개인소지 무기로 골머리를 앓고 있는 나라들에게는 '국가가 어떻게 대처할 것인지' 확실하게 지침을 주는 것이 되었다. 전 세계가 범세계국가로 하나가 되어가고 있다는 분위기가 이루어지고 있었다. 특히 기아로 고통받고 있는 아프리카의 몇몇 나라들에게는 강력한 희망의 빛이 쏟아지는 것 같았다.

　일범은 기아가 심각한 아프리카대륙 동북부 지역으로 먼저 갔다. 내전
중인 에티오피아 북부 티그라이 지역 주민의 절반이 심각한 기아에 허덕
이고 있었다. 인구가 550만 명인 티그라이 지역은 내전이 시작된 이후 사
회 기반 서비스가 끊긴 채로 외부와 교류가 차단됐으며, 인도주의적 지원
물자 반입도 원활하지 않아, 극심한 식량난을 겪고 있어, 영양 실조율은
급등했고, 앞으로도 상황이 호전될 기미는 보이지 않았다. 수단에서도 분
쟁이 발생하여 수십만명의 피란민이 발생해 있었고, 콩고에서는 계속되는
폭력 사태와 더불어 니라공고 화산 폭발로 인한 여파까지 더해져 힘겨운
싸움을 하고 있었다. 일범은 콩고의 기아문제는 첫째 극심한 기상이변으
로 인한 연속적인 흉작이고, 둘째는 천연자원에 대한 통제권을 놓고 경쟁
하는 지역 무장 단체들의 폭력이고, 셋째는 전염병과 사막 메뚜기 떼의 창
궐로 파악을 하였다. 케냐에서는 지역 내 목축 및 농업지대에서 강, 저수
지, 댐이 메말랐으며 기타 천연 수원지를 채운 물은 저수 용량의 20~40%
에 지나지 않았다. 우기가 아닌 때에 비가 오고 우기 때에는 가뭄이 닥쳐
농작물을 제대로 경작할 수 없었으며, 매우 덥고, 매우 건조하고, 물도 없
고, 음식도 없고, 가축을 위한 목초지도 없기 때문에 모든 마을공동체가
어려움을 겪고 있었다. 예멘에서는 아이들이 가장 큰 피해를 입고 있었다.
영양실조로 인해 한 세대 전체, 미래가 사라질 위험에 처해 있었다. 전국

240

의 병원에는 급성 영양실조에 걸린 아이들이 병들어 있고, 일부는 숨을 쉴 힘조차 없는 상태였지만, 안타깝게도 예멘의 위기를 막기 위한 자금은 턱없이 부족한 상태였다. 소말리아는 극심한 가뭄에 더해 30년 동안 지속된 분쟁의 여파로 심각한 식량 위기에 직면해 있었다. 20만 명이 넘는 사람들이 가장 심각한 단계인 '재앙 수준의 식량 불안'에 시달리고 있었으며, 매일 굶주림으로 사람들이 목숨을 잃고 육체적인 고통을 겪고 있었다. 이들의 신체는 설사, 홍역, 말라리아와 같은 질병과 싸울 수 없는 상태이며, 어린이들의 사망률은 성인보다 2배 높았다. 소말리아 전체 인구의 절반 가까이인 800만 명이 넘는 사람들이 위기 수준의 식량 불안에 시달리고 있는 상황이었다.

일범은 자연재해에 관해서는 어쩔 수 없었지만, 인간의 욕심에 의해서 상황을 악화시키고 있는 것에 대해서는 참을 수가 없어 시급히 해결하고 싶었지만, 내전에 휘말려 있는 국가들의 내부상황을 정확히 파악할 수가 없었다. 현 정부 편을 들어야 할지 반군 편을 들어야 할지 결정할 수가 없는 것이었다. 여기서 일범은 하나의 큰 결단을 내렸다. '어차피 싸우는 단체는 모두가 똑같은 이기주의자일 뿐이다. 이편 저편이 차이가 있지는 않다.'라고 생각한 일범은 일단 '현집권세력에 맞서고 있는 단체들을 없애 버리기'로 결심을 하였다. 에티오피아 정부군에 맞서고 있는 티그라이(Tigray) 인민해방전선, 콩고 반정부세력 M23, 소말리아에서 반정부 투쟁을 벌이고 있는 이슬람무장단체(IS), 수단의 인민해방운동 단체, 예멘의 후티반군이 그 대상이었다. 마음대로 할 수 있는 것은 신(神)의 특권이 아닌가? 일범이 이들 무장 단체들을 완전히 소탕하는 데는 단 며칠이면 충분했다. 에티오피아의 티그라이 인민해방전선에 나타난 일범은 심즉살(心卽殺)의 수법으로 이 단체의 지도급 인사들을 순식간에 모두 죽여버리고, 모든 무기를 무용지물로 만들어 버렸다. 다음 날, 콩고 반정부세력 M23에 가서도 같은 방법으로 지도자들을 죽이고 무기를 없애 버렸다. 그 다음 날은 콩고의 M23, 다음날은 수단의 인민해방운동 단체, 또 다음날은 예멘의 후티 반군이 같은 상황을 맞았다.

아프리카 대륙에서 내전 중인 나라의 모든 반군들을 소탕해버린 일범은 혼자 말을 하였다. '이것이 나의 여호와(Jehovah)로서의 마지막 일이 되기를 바란다.'

일범이 다음으로 할 일은 기아와 난민의 구호였다. 일범이 먼저 찾은 사람은 사우디아라비아 국왕이었다. 사우디 국왕은 일범을 이미 '현신한 알라(Allah)'로 받아들인 상태였기 때문에, 대화는 순조로웠다.

"국왕 폐하, 내가 폐하를 찾아온 것은 폐하의 도움을 좀 받으려고 하는 목적입니다."

"신(神)께서 저에게 도움받을 일도 있습니까? 영광입니다."

"나는 지난 며칠간 아프리카 동북부지역의 기아현장을 둘러보았습니다. 내가 지난번 유엔 총회에서 말했듯이 지구촌의 모든 사람들은 행복하게 살 권리가 있습니다. 그런데, 아프리카의 에티오피아, 콩고, 캐냐, 소말리아, 예멘 등지에서는 수많은 사람들이 굶어 죽어가고 있습니다. 마실 물조차 없는 지역도 많습니다. 자연재해가 아닌 인간의 욕심에서 비롯된 것들은 내가 이번에 싹 다 정리를 했습니다. 이 지역 들에서 더 이상의 분쟁이나 전쟁은 없을 것 입니다. 문제는 자연재해입니다. 이것은 내 능력으로는 어쩔 수 없는 일이라 국왕 폐하의 도움을 청하는 것입니다."

"제가 어떻게 도와줄 수 있습니까?"

"국왕 폐하가 주도하여 중동의 산유국들이 힘을 합쳐 아프리카 기아대책기구를 하나 발족해 주세요. 사람을 살리는 것은 알라(Allah)의 뜻이기도 할 것입니다."

"알겠습니다. 신(神)께서 온 세계인의 행복한 삶을 위해 고군분투하고 계신데, 우리도 알라(Allah)의 이름으로 기꺼이 동참하겠습니다."

"감사합니다. 폐하. 내가 이번에 부르나이 국왕에게도 같은 요청을 할 텐데, 함께 해 주시길를 바랍니다."

"잘 알겠습니다."

"그럼 이만, "Allāho akbar.(알라는 위대하다.)""

"Allāho akbar.(알라는 위대하다.)"

사우디아라비아를 떠난 일범은 바로 브루나이 국왕에게로 갔다. 부루나이는 보르네오 섬 북서연안에 있는 왕국인데, 원유와 천연가스를 생산량이 많아 동남아시아에서 국민소득이 가장 높은 국가이다. 일범은 보르네오 섬이 한인천제(桓因天帝) 시절 우리의 강역이었기 때문에 감회가 남달랐다. 국왕은 일범을 반갑게 맞아 주었다.

"신(神)께서 여기까지 무슨 일로 오셨습니까?"

"부탁을 하나 드리려고 찾아왔습니다."

"제가 할 수 있는 일이라면 해야지요."

"감사합니다."

"사실 신(神)께서 나타나신 이후 저도 역사공부를 좀 했습니다. 브루나이는 원래 말레이시아에 속해 있었습니다. 이번에 역사를 공부해 보니 말레이시아와 인도네시아가 점유하고 있는 이 보르네오 섬이 옛날 한민족(桓民族) 백제(百濟)의 영토였음을 알게 되었습니다. 이제 신(神)께 한민족(桓民族)의 핏줄이시고 전 세계가 모두 화목하게 살 수 있는 나라를 구현하시니 저도 역시 한 가족이 된 것 같아 가슴 뿌듯합니다."

"그렇게 생각해 주시니 감사합니다. 오늘 내가 여기에 오기 전에 사우디아라비아의 국왕을 만나 아프리카대륙에서 굶주리고 있는 사람들을 구제할 대책에 대해 의논을 좀 했습니다. 브루나이 국왕께서도 같은 알라(Allah)신을 믿는 분으로 중동의 산유국들과 함께 아프리카 기아대책기구에 좀 동참을 해 주시겠습니까?"

"여부가 있겠습니까? 인간을 사랑하는 것이 알라(Allah)의 뜻입니다."

"이렇게 흔쾌히 말씀해 주시니 정말 감사합니다. Allāho akbar.(알라는 위대하다.)"

"Allāho akbar.(알라는 위대하다.)"

'산유국 부자 나라로부터 기부를 좀 받아야겠다.'는 계획은 의외로 쉽게 해결이 되어, 일범은 대단히 흡족하였다. '사랑은 나눔과 베풂에 있는 것이야.'

일범이 다음으로 방문한 곳은 세계 10대 기업이었다. 마이크로소프트를 비롯하여, 애플, 엔비디아, 사우디 아람코, 아마존, 알파벳, 메타, 바크셔 헤세웨이, 엘리 일리, TSMC 등 돈을 많이 버는 기업들을 상대로 역시 아프리카 기아대책 자금을 기부 받겠다는 생각이었다. 이중 몇몇 기업가들은 이미 천문학적인 액수의 기부를 하고 있는 곳도 있었으나, 일범의 진지한 요청에 거절하지는 않았다.

제13장

승천
昇天

10년 후, 세상은 자리를 잘 잡아가고 있었다. 세계 각국은 한국(桓國)에서 그랬듯이 범죄자에 대한 처벌법을 강화한 이후 악인(惡人)이 현저하게 줄어갔으며, 전쟁과 다툼이 일어나지 않았다. 인종과 남녀노소에 관계없이 만나는 사람들마다 반갑게 인사하며, 결혼, 출산과 같은 일에는 나의 일처럼 모두가 함께 기뻐하였다. 세계 어느 곳에서도 굶주림은 없어졌으며, 사랑, 희생, 봉사가 모든 사람들의 일상이 되었다. 정치는 서로를 도와주려는 데에 집중했으며, 부정, 부패가 없어지자 기업의 생산성은 엄청나게 향상되었다. 다른 사람보다 더 높은 지위를 가지고 싶어 하는 사람도 없고, 다른 사람보다 더 부자가 되겠다는 사람도 없어져 갔다. 현재를 사랑하고, 평화를 사랑하며, 이웃과 화목하게 지내는 것에 만족을 하고 있었다.

110세가 된 일범은 미국 캘리포니아주에서 열리는 프로암(Pro-Am) 골프대회에 초청을 받았다. 페블 비치 골프 링크(Pebble Beach Golf Link), 스파이글래스 힐 골프 코스(Spyglass Hill Golf Course), 몬터레이 페닌슐라 컨트리 클럽 쇼어 코스(Monterey Peninsula Country

Club Shore Course) 등 몬터레이(Monterrey) 반도를 대표하는 골프장 세 곳에서, 매년 열리는 이 대회에 당대 최고의 프로골프 선수가 '신(神)과 함께 경기를 할 수 있다면 영광이다'고 일범을 초대한 것이었다. 일범은 300명의 아마추어 출전 선수 중 한 명이었지만, 세계최고의 프로선수가 일범이 한 조(組)에서 라운딩하는 것은 전무후무한 사건이었다. 스포츠 중계 카메라는 일범이 속한 조(組)만 집중적으로 따라다녔다. 30년 전, 흑안(黑眼)을 물리칠 때, 일범은 미국 로스엔젤레스 CC에서 전 홀(Hole) 버디(Buddy)로 54타라는 기록을 세운 적이 있었다. 그 기록은 여전히 깨지지 않고 있었는데, 세계의 관심은 '일범이 이번에 이 기록을 갱신할 것인가.'에 쏠려 있었다. 일범은 이미 완벽한 허공섭물(虛空攝物)의 경지에 도달해 있었을 뿐만 아니라, 심즉성(心卽成)의 능력이 있기 때문에 하고싶은 대로 할 수가 있었다. 그러나, 일범은 대회 시작 전, '어떤 스코어를 낼 것인가?' 고민이 되었다. '신(神)의 능력을 보여 주어야 하니, 파 3 홀(Hole)에서는 전부 홀인원(Hole in One), 파 4 홀(Hole)과 파 5 홀(Hole)은 전부 버디(Buddy)를 하자.'라고 마음을 정했다. 대회가 시작되고, 일범이 티박스(Tee-Box)에 서자 중계진과 관중이 구름처럼 모여들었다. 일범이 특유의 목도리깨 타법으로 티샷(Tee-Shot)을 날리자 좌중은 큰 웃음이 터졌다. 일범은 자신의 스윙폼에 대해서 설명한 적이 있었다. '골프스윙이 아니라 아버지가 보리타작할 때 했던 목도리깨 타법'이라고. 그러나, 볼의 방향과 거리는 스윙폼과는 전혀 달랐다. 일범은 파 4 홀(Hole)과 파

5 홀(Hole)은 허공섭물(虛空攝物)의 수법으로 볼(Ball)을 컨트롤하고, 파 3홀(Hole)은 심즉성(心卽成) 수법으로 볼(Ball)을 컨트롤하기로 했기 때문에, 파 4 홀(Hole)과 파 5 홀(Hole)에서는 드라이버(Driver)든 아이언(Iron)이든 일단 휘둘러 놓고, 허공섭물(虛空攝物)의 수법으로 볼(Ball)을 원하는 지점까지 보내고, 그린(Green)에 올려서는 퍼트(Putter)로 볼(Ball)을 굴린 후 역시 허공섭물(虛空攝物)의 수법으로 홀인(Hole in)을 시키는 것이었다. 파 3홀(Hole)은 티샷(Tee-Shot)후 바로 볼(Ball)이 홀인(Hole in)되도록 마음만 먹으면 홀인원(Hole in One)이 되는 것이다. 이리하여, 일범은 18홀(Hole)중 파 3, 4개 홀(Hole)은 전부 홀인원(Hole in One), 파 4 홀(Hole)과 파 5 홀(Hole)은 전부 버디(Buddy)를 하여 50타의 기록을 세웠다. 오로지 신(神)만이 가능한 기록이었고, 스스로 신(神)이라는 것을 입증시켰다. 이 일 이후부터는 일범이 신(神)임을 부정하는 사람은 아무도 없었다. 일범은 1 라운드만 경기하고 나머지 경기는 참여하지 않았다.

다시 10년이 지나니, 이제 전 세계는 일범이 구상했던 완전한 범세계국가가 되었고, 악마에게 마성(魔性)을 주입받았던 악인(惡人)은 완벽히 없어졌으며, 오로지 선(善)한 사람들만이 서로 사랑하고, 서로 봉사하며, 모두가 화목하게 어울려 사는 지구촌이 되었다. 120세가 된 생일날, 일범은 흐뭇한 미소를 지으며 홀연히 승천(昇天)하였다.